JN072260

推しと運命のロマンス
～双子のマルシェワゴンへようこそ～

CROSS NOVELS

華藤えれな
NOVEL: Elena Katoh

yoco
ILLUST: yoco

CROSS NOVELS

contents

推しと運命のロマンス
～双子のマルシェワゴンへようこそ～
7

CROSS NOVELS

推しと運命のロマンス
～双子のマルシェワゴンへようこそ～

プロローグ

ごめんなさい、好きになってしまって。

ごめんなさい、見ているだけで幸せだったのに。

こんな関係になってしまったら、もう元には戻れないです。こんなふうに抱かれてしまったら、ぼくはもう昔のぼくには戻れないです。

だからいいですよね、このままあなたを好きでいても。


「いい匂いだ、紗由《さゆ》からはいつも甘い香りがする」

彼の手がそっとうなじの髪をかきあげる。ひんやりとした夜の風が優しく肌を撫でていくなか、白い壁にもたれかかるように階段に座った彼に後ろからすっぽりと抱きしめられている。

こうされていると、紗由の心も身体も切なさと狂おしさでいっぱいいっぱいになっていく。

「な……っ」

あたたかい唇が襟足に押しあてられ、首筋を甘噛みされると、それだけで全身がじぃんと熱く痺れてしまう。

背中から包まれたまま、首筋にキスをくりかえされ、乳首や胸をくりくりといじられる心地よさがたまらない。

「ん……あ……ああっ」

思わず声を出してしまった紗由に、彼がちょっとだけ意地悪をささやく。

「だめじゃないか……声……子供たちが」

子供たち——と、吐息とともにふわりと耳に触れた言葉に、紗由の全身はびくっと震える。

「起きてしまうだろ」

わかっている。そんなことくらいわかっている。

「ん……っ……ごめ……でも……」

小さな石造りの家のなかはちょっとした息の音でさえ、大きく響いてしまう。

この薄い壁のむこうの寝室で双子が眠っている。

スプリングの軋みで起こしてしまわないようにとベッドを避け、あえて階段の踊り場に移動し、壁にもたれかかるようにして座った彼に紗由はさっきから深々と貫かれていた。

顔を見られていない安心感からか、恥ずかしさも慎みも忘れ、感じるままに声をあげてしまいそうになるのだけど。

「ん……っ……あぁ……っ」

無理だ、音を立てないなんて。

だったら、そんなに強く乳首をいじらないで。そんなに愛しそうに首筋を甘噛みしないで。そんなにぼくの内側をいっぱいいっぱいにしないで。

そうお願いしたい気持ちを殺し、声を出すまいと必死に唇を噛み締める。

「かわいい、紗由のそういうとこ」

髪を撫でていた彼の手があごを包み、ふりむかされる。うっすらとひらいた紗由の唇を彼がそっと吸う。やわらかな舌が口内に侵入してきた。

「ん……ぐ……っ」

ほんの少しあごをあげ、口内で蠢いている彼の舌に自分の舌を絡めると、アイスクリームを舐めているときのように、涙が出そうなほどの甘い幸福感に満たされていく。

「ん……っふ……っん」

ああ、このひとが好きだ。好きで好きでどうしようもない。

身体だけでなく、心までもが彼を愛したくてうずうずとして、一緒にいるだけで切なさに胸がちぎれそうになってしまう。

これは、つかのまの関係なのに。

記憶を失い、身元がわからない彼を双子の弟たちがパパだとかんちがいしてしまったので、しばらくの間、擬似家族としてここで暮らしてもらっているだけだ。

そう、スペインのスーパースターが父親だと思いこんでいる弟たちのために。

ぼくがひそかに推しとして憧れていた彼とそっくりというだけのひと。

かりそめの擬似家族。ほんのひとときの時間のはずだった。

それなのに、こんな関係になってしまった。

恋なんてしたくなかったのに。推しは、紗由の世界とは違う場所で生きているひとで、愛や恋とは別のところで憧れていただけなのに。

――あなたは彼なの？　それともそっくりなだけの違うひと？

何度、心でそう問いかけても、彼は答えを教えてはくれない。

けれどわかっている。

答えが何なのか、本当はうっすら気づいている。

答えがはっきりと伝えられたとき、彼はここから出ていってしまうかもしれない。だからこれ以上は知りたくない。

このぬくもりを手放したくないから。

彼の長い腕と足とが作りだした空間に、こうしてすっぽりとくるまっている時間が愛しくて愛しくて仕方がないから。

ただ包まれているのではなく、魂まで守られている気がして、心が叫んでしまうのだ。ずっとこうしていたい、ずっとここであなたのなかに収められていたい――と。

唇を重ねたまま、うっすらと目を開けると、つながっているふたりの姿を壁ぎわの燭台が照らし、真っ白な漆喰の壁にゆらゆらと映しだしている。

「ごめん……紗由……このままでもいい？」

唇が離れると、彼がぼそっと呟く。

「え……」

「このまま、おまえと双子の家族としてここにいても」

彼が切なそうに呟いたとき、窓の外に大きな振動を感じた。

遠くの夜空に花火があがっているのが見える。今日は深夜に近くの海で花火がうちあげられる予定だったのを思いだした。

「本当のことを知っても……ここにいさせてくれる？」

ふわっと花の形をした光が広がったかと思うと、真っ暗な夜の闇に消えていく。

この音に子供たちが起きてしまわないか心配しながらも、彼の言葉が気になって紗由はふるえる声で問いかけた。

「……どうしてそんなこと」

紗由の目を彼が祈るようなまなざしで見つめる。

救いを求めるような、甘く狂おしい彼の視線に胸が痛くなったそのとき、また花火がはじける音が窓の外に響いた。

「俺は、俺の正体は……」

彼がささやいた言葉をかき消すかのような、大きな音で――。

1　紗由――アイスクリームマルシェへようこそ

「お待たせしました、こちらがスミレと薔薇のソルベです」

小さな紫色とピンクの花びら入りのアイスクリームをコーンにのせ、ガラスケースのむこうにいる小学生くらいの女の子に手わたす。

「わあああっ、おいしい」

ぺろりと舌先で舐めたとたん、ほおをふくらませる女の子の笑顔に紗由もつられたように目を細めて微笑する。

今日は朝からとても陽射しが強い。

そのせいか飛ぶようにアイスやソルベが売れている。このペースだと、あと一時間ほどで用意した分がすべてなくなってしまいそうだ。

「どうぞ、こちらがアーモンドミルクとフィグのアイスです」

次はそのとなりにいる男の子にわたす。

女の子のお兄さんなのだろう。顔がそっくりだ。ミルク色のアイスクリームが太陽を反射してきらきらときらめいている。

「すごーい、ママ、これ、見て見て、かわいーよ。それにすっごくおいしい」

はじけるようなあかるい声があたりに響き、紗由もさらに笑顔を深めた。

「あら、ほんと。このマルシェワゴン……とってもかわいいアイスクリーム屋さんね。このあたりのお花のアイスを売ってるの？」

「は、はい。あと、この土地でとれるフルーツも」

紗由の使っているマルシェワゴンは車ではなく馬車だが、公園や祭のときの出店などでよく見かけるようなキッチンカーというのが一番近いかもしれない。

深紅のアマポーラ、黄色いユリ、薄紫のアザミといった季節の花を飾った木製の馬車にレモン柄のシェードを広げ、この地方の民族衣装を身につけて販売している。

「さすが南フランス、北部とは違って、空は青いし、綺麗な花やフルーツにあふれていて素敵ね。店員さんのお洋服もここのシェードもいかにもって感じで」

「北のほうからいらしたのですか？」

「そう、ベルギーとの国境沿い。空の色が全然違うわ。あ、じゃあ、ママもスミレと薔薇のソルベにしようかな。コーンでね」

母親から三人分の代金をわたされる。

「ありがとうございます」

笑顔でこたえると、紗由はディッシャーを手に母親の分のアイスクリームをすくってコーンにのせていった。

「うーん、おいしい」

家族三人、満たされたような笑顔でアイスを食べている。こうしてみんなが幸せそうな顔でアイスクリームを食べる姿を見るのが紗由はとても好きだ。

「ところで、これ、今やってるお祭り？　とってもおしゃれなポスターね」

母親がマルシェワゴンに貼られたポスターに気づき、問いかけてくる。ここから車で一時間ほどのところにある古都アルルで開催された春祭りで使われていたものだ。

「いえ、これ、三年前のものなんです。季節も四月ごろのもので。すごく素敵なので、ここに貼っているだけで」

「あ、ほんとだ。三年前の日付だ。すみっこの方に、春祭りの女王と闘牛士の絵と記されているけど、ずいぶんな美男美女ね。それにデザインもとってもおしゃれ」

「ええ、ぼくも気に入ってます」

紗由は笑顔で答えた。

「この絵の女の子、ちょっと店員さんに似ているね。あなたがモデル？」

「あ、いえ、全然関係ないです。ぼくは男ですし」

たまにこんなふうに訊かれることがあるので、とりはずそうかと迷うこともある。

――でも、いいよね、ここに貼っていても。このポスターを見ていると、がんばろうという気持ちになるから。

紗由はちらりとポスターに描かれた男女をいちべつしたあと、天国まで続いていきそうなほどの蒼い空を見あげた。

まばゆい陽射しに手をかざしながら、吹きぬける初夏の風に目を細める。

湖が空を映しだして同じ色に染まっている姿は絵画のような世界だ。

地中海に近い南フランスのプロヴァンス地方。

その一角にあるこの広大なカマルグ湿原は、世界でも有数の自然公園として名高い。

ここにしか存在しないめずらしい動植物、馬や牛の牧場、それから雄大な塩田が点在するなか、美しい自然を借景としたワイナリーを併設した長期滞在型のアパルトマンやペンション、コテージがあちこちに顔をのぞかせる。

紗由はそのうちのひとつ——遠縁のおじさんが経営しているペンションの前で金曜から月曜までの四日間、小さなアイスクリームのマルシェをひらいていた。

滞在中の宿泊客が外に遊びに行くときについでに買っていってくれるのだが、ほかにも向かいの自然公園に行く観光客や通りすがりの車が立ち寄ってくれることも多い。

ペンションの前には路線バスの停留所があるのでバスの発着時にはけっこうな行列ができてしまう。といっても一時間に一本か二本しかないバスだけど。

「私、こっちのフラミンゴアイスっていうのに挑戦しようかな。かわいい」

ペンションの敷地から出てきた二人組の女の子がめずらしそうにケースをのぞきこむ。

「ほんとだー」

彼女たちの目線の先にあるのはあざやかなピンクとオフホワイトのアイスだ。ペンションのレストランにある調理場で作るのを手伝ったアイスを販売しているのだが、六種類のうち三種類は紗由が考えたものだ。

「このお店と同じ名前ってことは一番の推し商品なの？」

「あ、はい、そうですね」

どれも推し商品だけど、特にこの「フラミンゴアイス」が紗由の一番のお気に入りだ。最近、考えたばかりの商品で、評判は上々だと思う。ペンション内のレストランにも食べたいと問い合わせがあるらしい。

「なにが入ってるの？」

「桃のソルベとパンナコッタアイスをマーブル状に混ぜたアイスです」

「もしかして桃の色がフラミンゴと同じだからこの名前なの？」

「はい。コーンにのせると先にソルベが溶けて、少しずつ形が変わっていくんです。それがフラミンゴが飛びたっていく感じに似ているので」

「へえ、おもしろそう。じゃあ、これにする。Ｌサイズのコーンにたっぷりのせて」

「私もこれがいい」

「ありがとうございます」

紗由はケースのふたを開けると、大きめのディッシャーでパンナコッタアイスに混ぜたピンクのアイスクリームをたっぷりすくってコーンにのせていった。

湿原の湖に集まるフラミンゴはこの地域の風物詩だ。

ベビーピンク色のフラミンゴが飛んでいく姿は夢の世界のように美しい。朝の光を浴びているときも、濃密な青空に飛んでいくときも、夕暮れの空に溶けていくときの姿も。すべてがとてもやわらかくて優しい色彩で、見ているだけで涙がでてくる。

そのときのフラミンゴたちの姿を少しでも再現できたらという気持ちで作ってみたアイスクリームだが、なかなか評判がいい。

ただなにかあと少し足りない気もしているので、もっと改良しなければと思っているのだけど。

「ほんとだ、すっごく綺麗。それにおいしい」

アイスを受けとった二人組はバス停のベンチに座っておしゃべりを始めた。もうすぐ一時間に一本のバスがやってくる。それに乗るつもりなのだろう。

「そういえばさ、今朝、ジョギングしていたとき、変なひと、見かけた。この先の牧場の看板のあたりなんだけど」

変なひと？

彼女たちの会話が気になり、紗由は耳をかたむけた。

「ひょろっとした背の高い男性で、ボロボロの汚い格好をして……ふらふらと一人で歩いていて……ちょっと怖かった」

「えっ、やだ、不気味。あ、でも牧場ってこのペンションと同じオーナーでしょ。そこの従業員じゃないの？」

「そんな感じじゃなかったよ。ボロボロだったけど、わりと最近の服っていうか、なんか不思議な感じのひとが牧場の前をふらふらうろうろしていて」

紗由はちらっと街道の先に視線をむけた。

ここから車で五分ほど行ったところに、おじさんがペンションと一緒に経営しているシモン・カステル牧場の入り口がある。

奥のほうにふたつ牧場があり、闘牛用の黒い牛と、この地方にしかいない白いカマルグ馬をそれぞれ塀で隔てて放牧しているのだ。

――こんなところに、ボロボロの男性？

しかも歩いて？

このあたりは車やバスがなければ、移動するのにはとても不便な場所で、バス停周辺以外の街道ぞいでひとと出会うことはめったにない。

もしかするとどこかの牧童が川に落ちてボロボロになってしまったのだろうか。

それともサイクリング中のひとが転んだとか？

そんなことを考えながら、紗由はペットボトルの水を飲み、まばゆい陽射しに目を細めた。

初夏のプロヴァンス地方はどこもかしこも光に満ちあふれ、今が一年で一番美しい季節といわれている。

――すごい、今日は用意していたアイスが全部売れた。からっぽだ。

木製の小さな馬車型マルシェワゴン。

遠縁のシモンおじさんが経営するペンションの入り口で、紗由はこうしてマルシェワゴンを使って観光客相手にアイスを売って生活している。

バス停には屋根があり、申しわけ程度でも小さなベンチがあるので、よくお客さんがそこに座ってアイスを食べている。

一応、冬場はアイスではなく、ハーブティーの茶葉や花のジャム、それからフルーツを混ぜたカリソンという砂糖菓子を置いている。

紗由が住んでいるのは、ペンションに併設している牧場の見張り用の番小屋だ。そこで紗由は双子の異父弟ふたりと暮らしている。

父親が日本人なので紗由という日本名を名乗っているが、どんな人物なのか、名前もなにも知らない。もちろん会ったこともない。

紗由の国籍はフランスで、名字も母方のカステルとなっている。

昨年の末に事故で亡くなるまでは、母親がこのアイスクリームマルシェの仕事をしていた。今、紗由が着ている民族衣装の上着やストールもずっと母が使っていたものだ。

紗由のほうが痩せているのでちょっと大きめの衣装を改良して、下に乗馬ズボンをはいて、かろうじて男の子に見えるようにしているが、たまに中学生くらいの女の子にまちがえられることがある。一応、これでももうすぐ十八歳になるのだけど。

「さて、そろそろ帰ろうか」

パラソルを閉じ、ガラスケースの上から断熱のカバーをかけたあと、紗由は木陰で休ませていた白い馬に声をかけた。

ワゴンにつなぎ、コツコツと馬の蹄の音を響かせながら馬車を進めていく。するとちょうど道路のむこうから、白いバスがやってくるのが見えた。

紗由はスマートフォンの時計を確認した。もう午後一時を過ぎている。

——しまった、幼稚園、今日は午前中だけだった。パスカルのご飯、早く用意しないと。

すれちがいざま、運転手が車を停めて声をかけてくる。

「紗由、今日も可憐でかわいいね。仕事の帰り？」

運転席にいるのは、三十代くらいのヤニックという神父だった。黒髪、黒い眸、そしてこんがりと陽焼けした肌が印象的だ。

「こんにちは。いつもお世話になってます」

「ああ、今、パスカルを牧場の門まで送ってきたところだ」

「ありがとうございます」

フランスでは幼稚園は義務教育だが、ここから通うのが大変なので、教会のヤニック神父が何人かの子供の送迎をしているのだ。

普段は夕方まで異父弟をあずけているのだが、なにか行事があるとかで、ここ何日かは午前中だけで帰ってくることになっていた。

送迎料金はなかなかの金額なので財布には痛いが、それでもほかにちょうどいい交通機関がないのでとても助かっていた。それに神父さんは、送迎以外にも子供たちに教会で聖書や歌を教えてくれるのでありがたい存在でもあった。

「そうだ、紗由、ミシェルの具合はどうなんだ？　もうすぐ一時退院で帰ってくるんだろう？」

思い出したように言われ、紗由はふりむきながら答えた。

「あ、はい、火曜日に」

「そうか、パスカルが喜んでいたよ。体調が大丈夫なようだったら、また紗由が働いている間、ミシェルも送迎するよ」

それはない。逆だ。ミシェルが良くなるのはとてもむずかしい。と説明するほど親しいわけではないし、今は時間がない。

「ありがとうございます。では」

急がないと。パスカルが帰ってきているのだ。のんびりとしていられない。

紗由が留守で家の鍵がかかっているときは、勝手口の横のベンチで待つように言ってあるが、パスカルはとてもヤンチャでじっとしているのが苦手な子供だ。

大好きな昆虫を追いかけているうちに草むらで迷子になったり、魚を捕まえようとして湖に落ちてびしょ濡れになったり、闘牛ごっこをしようと柵から闘牛牧場に入って行き、牛に追いかけられたこともある。

——パスカルが元気なのはうれしいけど……なにかあったらと思うと心配で心配で、想像しただけで胸が痛くなる。

早く顔を見ないと落ち着かない。紗由は急いで帰ろうとしたのだが、神父から「待ってくれ」と何か言いたげに大声で呼び止められた。

「その……あの……例の返事が欲しいんだが」

例の返事……。

実は彼からつきあって欲しいと言われている。ここに赴任してきたときからずっと紗由のことが気になっているらしい。そうしたら、幼稚園の送迎費用を払わなくていいとも。

——困ったな。

恋愛とは無縁の人生を歩みたい。

恋に燃えあがって別れ、死ぬ死ぬと大騒ぎをしたあと、また恋をして……最終的にいつも捨てられてばかりだった母親。

彼女の恋愛の話をずっと耳にして育ってきた紗由は、恋愛というのはとても恐ろしいものだと思っている。

それ以前に紗由は友達すらいない。学校も行っていない。他人との距離感がわからない。この小さな狭い世界以外、なにも知らない。

そんな自分がいきなりどうやって恋愛すればいいのか。だいいち神父さんというのは恋愛をしてよかったのだろうか。一生、独身ではなかったのか？

一応、あたりまえのように紗由も生まれてすぐに洗礼を受け、カトリック教会の信徒ということになっている。けれど熱心な信徒ではないのもあり、いまひとつ紗由にはそのあたりのことが把握できていない。

「あの……すみません、今は双子たちのことで精一杯で、恋愛には興味が持てなくて」

そうだ、双子を無事に育てることしか考えられない。

「それなら尚更だ。エヴァがいなくなって、いきなり小さな双子をひとりで世話することになって大変じゃないか。かなりの負担だろう」

「え……いえ」

そんなふうに思ったことはない。

経済的には苦しいけれど、双子たちは紗由の生きがいだ。天使のような弟たちと過ごせる時間がどうしようもなく愛しいのだから。

母さんのことを考えると、紗由は今も哀しみで心がつぶれてしまいそうになる。でも弟たちがいるから、この子たちをちゃんと育てないと母さんに顔むけできないと自分に言い聞かせ、毎日、笑顔でいるようにがんばっているのだ。

「せめてパスカルたちの父親でもいてくれたらいいんだろうけどね。パスカルの話では、有名な闘牛士なんだって？」

「え……」

「きみの父親はダンサーだって話だけど、エヴァは、そういう男に弱かったんだよね、昔から」

「あ……まあ……ええっとそのことはまた。では失礼します」

あいまいな笑みでかえすと、紗由は馬車を急がせた。

――父親か。たしかにせめてパスカルたちのパパだけでもいてくれたら。


紗由の父親は母のエヴァがバレエダンサーを目指していたころ、パリの同じ学校に留学していた日本人男性だ。

父は母が妊娠したのを知ると、あわてて別のバレエ学校に移ったらしい。母はそのまま引退し、唯一の親族――遠縁のシモンおじさんが経営しているこの『シモン・カステル牧場』に住みこみで働かせてもらうようになったのだ。

この牧場は、昔は母の両親――つまり紗由たちの祖父母のものだった。

しかし母が紗由を妊娠したころ、祖父母がアフリカ旅行中に感染症に罹患して次々と亡くなり、その後、ここは遠縁のシモンおじさんのものになったとか。

両親が健在だったころは、パリから帰省するたび、母はプロヴァンス地方一の美女として祭りの女王にも選ばれ、ファッション誌のポスターやグラビアのモデルにもなっていた。バレエ学校でも未来のエトワール候補として将来を期待されていたらしい。

『すごいでしょう、私、セレブの家に生まれたお嬢さまだったのよ。でもね、紗由、あんたの父親に惚れてしまったのが運の尽き。自己中で、破滅的で、わがままで、ずる賢くて、性根の腐ったようなダメ男だったけど……そこが良かったのよね。それにものすごいイケメンで、「海賊」のアリや「カルメン」のエスカミーリョを踊るとそれは素敵で……』

父の話をするときの母の声はいつも生き生きとしていた。悪い男だったと文句を言いながらも、そうしたダメなところすらも愛しかったようだ。

『結局、尽くして尽くして気がつけば妊娠してたの。責任は取れない、留学生だから……と言って、あのひと、ある日、忽然とアパルトマンから消えたのよ。ひどい男よね。私、ゴミみたいに捨てられたのよ。なのにさ、いつか再会したときを夢見て、あんたに日本語の名前をつけたりして……私って、バカみたいね。春祭りの女王もかたなしよね』

酒を飲みながら、母のエヴァはよくそんなことを口にしていた。

『あ、信じてないでしょ。今でもプロヴァンス一の美女は私なんだからね。子供がいるから、もう女王様コンテストには出られないけどさ』

そういわれてもどういう風貌が美女なのか、紗由にはよくわからない。

想像もつかなかったのだ。そもそも紗由は生きていたころの母親の姿を見たことは一度もないし、プロヴァンス地方の外に出たこともない。

というのも二歳のころに大病にかかり、生死の境にあったときの薬の副作用で、はっきりと目が見えず、家と病院を行ったり来たりする生活を送っていたからだ。

一応、光と影の判別はついていた。明るい場所でならぼんやりとものの輪郭をたしかめることはできた。

けれど色彩というものがどういうものかわからなかった。紗由の視界はすべてがモノクロームに包まれていたのだ。

『紗由、あんたの目、角膜を移植したら見えるようになる可能性もあるみたいよ。なんかよくわからない難病ってやつでね、そのときの副作用が原因。まあ、あんたのおかげで、いっぱいお金がもらえて、めちゃくちゃ助かったんだけどね』

よくそんなふうに話していた。指定難病だったのもあり、治療費はすべて無料。さらに保険か慰謝料かなにかを受けとることができて生活が楽になったらしい。

幼いころ、母のエヴァがマルシェワゴンでアイスを売っている間、紗由はずっととなりに座って過ごしていたように思う。

アルルの民族衣装を着せて紗由を座らせておくと、いろんなひとがかわいいかわいいと声をかけてくれるので、いいお金になるとエヴァは喜んでいた。

『かわいく生まれてよかったわね。私に感謝してよ。かわいいは正義だからね。せいぜいニコニコしてお客を呼びよせてね。あっ、でもかわいいからって、それに甘えていたらダメ。家のこともひとりでできるようになってね』

エヴァは、息子の視覚に障害があろうと気にするような性格ではなかったので、紗由が少し大きくなると、家事をまかされるようになった。それもあり、気がつけばたいていのことは自分でできるようになっていた。

母親なりの愛情だったと思う。

自分になにかあったとき、紗由がちゃんとひとりだちできるように日常生活だけでなく、手に職もつけてやりたいと口にしていた。

『大きくなったら。あんたがマルシェワゴンで働くのよ。スイーツは、イケメンと同じ。見てもよし、食べてもよし。それが基本だからね。どのくらい視力があるのか、私からは想像がつかないけど、あんたの見える範囲で、精一杯、綺麗に盛りつけるのよ』

そう言ってアイスクリームや他のお菓子の作り方も教えてくれ、さらにバレエをしていたときに衣装をデコるために覚えたという裁縫や刺繍も教え、目が見えるようになったらこの仕事をすればいいと言っていた。

『私が死んだら角膜あげるからね。でも視覚にたよっちゃだめ、他の感覚を働かせ、物事の本質を見抜く力を養うのよ』

本質？　小首をかしげた紗由を抱きしめ、エヴァは愛しそうによくほおにキスをしてきた。

『あんたは私と違って賢い子だから、きっと大丈夫だと思うけど、私みたいになっちゃダメよ。私はどうも好きになったら命がけになっちゃうのよね。で、重すぎて、捨てられてばかり』

自覚しているのか、とちょっと不思議な気持ちになった。

『私にもしものことがあったら、ミシェルとパスカルのこと、ちゃんと育ててね。私、あんまり長生きしない気がするのよね』

あのときの言葉が予言となったのか、昨秋の終わりごろ、エヴァは車で事故を起こして亡くなってしまった。

哀しむ時間もないまま、彼女の角膜を移植することになり、その結果、紗由は目が見えるようになった。

うまく適合したらしいけれど、手術からまだ半年しか経っていないので、見えているものが何なのかを頭のなかで意識的に理解することでいっぱいいっぱいだ。

この歳になってからいきなりモノと同時に色彩も認識できるようになったので、紗由には一般的な美醜の感覚がよくわからない。

この眸に映るものすべてが紗由には素敵で、尊く感じられるのだ。

色彩というものが存在しているのも、空や湖や風景が時間や日や季節によってこんなにも変化することにもびっくりして、移り変わっていくもののすべてがなにもかも愛おしくて、ふっと気がつけば時間を忘れて遠くを見たままほおを涙で濡らしていることがある。

——今もそうだ。こうしていると、この風景にふっと吸いこまれそうになる。

目を開けていられないくらいの強烈な太陽がきらめいているなか、薄いピンク色をしたフラミンゴたちが澄みきった湖でたわむれている。

ここ——カマルグ地方は、ゴッホの絵画「跳ね橋」や「夜のカフェテラス」、ビゼー作曲「アルルの女」で有名な古都アルルからローヌ川沿いに地中海方面にむかう途中にある広大な湿原だ。

四方の大地を見わたせるような、ただただだっ広い湿原が延々と敷地を広げ、世界でもめずらしい野生の鳥類や植物、白い馬や牛の放牧地としても有名なので、春から秋にかけて観光客が絶えることはない。

紗由は午前中は馬車型のマルシェワゴンでアイスを売り、それ以外の時間は牧場にある小屋やグラウンドの清掃や、ハーブの仕分けを手伝ったりしながら、まだ四歳になったばかりの小さな双子の弟の世話をしていた。

シングルマザーだった母が遺した異父弟たちで、紗由の大事な家族だ。

——母さんと約束したから、がんばらないと。ちゃんと育てるって。

紗由は彼女が大好きだった。

いろんなところで悪く言われている母親だった。

嘘つきで、お金にも男にも酒にもだらしない、自分勝手、口が悪い、毒親……。

ひどい話しか耳に入ってこないけれど、いろんなことを教えてくれたし、口は悪くても裏表がなくて、自由に生きている感じが生き生きとしていたように思うし、なによりまっすぐな愛情とこの目の前の世界を見る力——視覚をくれた。

そしてかわいい双子の異父弟たちも。彼らを幸せにするということが紗由のたったひとつの生きがいなのだ。

——さあ、早くお昼ご飯の支度をしなければ。

幹線道路からはずれた農道を五分ほど進み、牧場の門のところまでもどってきたとき、『シモン・カステル牧場』と記された看板の横に、四歳になったばかりの異父弟——パスカルの姿が見えた。赤いアマポーラの花が揺れるなか、湖にむかって行こうとしている。

「パスカル……」

あんなところでなにをしているのだろう。

めずらしい昆虫でもいたのか。門のすぐそばに湖がある。水草のせいでわかりにくくて危険なので、紗由がいないときは近づくなと言ってあるのに。

早く遠ざけないと、と馬車を急がせた紗由に気づき、パスカルが声をかけてきた。

「さゆにいちゃん、パパだよ、パパが落ちてるよー」

平原に彼の声が響きわたる。パスカルは湖を指差していた。

「えっ、パ、パパ……？」

「うん、パパが落ちてる。湖に落ちてるよ」

パスカルの言葉にわけがわからないまま、紗由は馬車を止めた。

――なにがあったんだろう。パパって……。

紗由にも異父弟たちにも父親はいない。

それぞれ別の恋人とのあいだにできた子供だ。

若いころの母はシモンおじさんからの文句や注意にまったく聞く耳も持たず、多くの男性と恋愛しては別れるということをくりかえしながらシングルで紗由を育てていたが、数年前、アルルにきていたドイツ系のダンサーとは久しぶりに本気の大恋愛をしたらしい。

『今度こそ運命の恋よ。神さまがようやく私に運命の相手を連れてきてくれたのね。これまでの恋愛はぜんぶこのための布石だったのよ』

エヴァがそう豪語していたように、いつもは一カ月も続かない恋愛だったが、かなり長続きしたように思う。

たしか半年くらいは続いたはずだ。それにそのひとは紗由にも親切で、プールでの水遊びを教えてくれたり、ドイツのめずらしいお菓子をプレゼントしてくれたりした。

紗由の知るかぎり、彼とのつきあいは最長記録だった。

そして別れたあとにできたのが双子の異父弟だ。

双子の兄がパスカル、弟がミシェル。視界が不自由でも、双子たちの体を洗ったりオムツを変えたりすることはできた。

明るい場所だと、料理も形が判別できるので何とかできるようになっていた。

パスカルはアルルにある幼稚園に通っているのだが、弟のミシェルは病気がちで入退院をくりかえしている。

再来週、大きな手術をすることになっているので、それまでに少しでも元気になってくれればと思っていた。

今、ミシェルはここからすぐのところにある小さな病院に入院している。三人の母が昨年末に事故で亡くなったので、今は紗由が双子を育てていた。

「ねえ、さゆにいちゃん、パパだよ、パパ、ここにパパがー」

パスカルがなにを言っているのかわからず、紗由は牧場の門についている金具に馬車を留め、湖の入り江にむかっていった。

初夏の風が吹きぬける湖には数十羽のフラミンゴたち。入江にきて、パスカルが指差している湖面をのぞきこむ。

もうすぐ十八歳にしては幼い感じの雰囲気がする紗由の顔と、ふんわりとした金髪の愛らしい顔をしたパスカルの顔が澄みきった湖面に映る。

湿原で昆虫採取をするのが大好きなパスカルは、色白の紗由とちがってこんがりと日焼けしていて実に健康そうだ。

「あそこだよ、あそこ、見て」

パスカルの指さす方向に視線をむけると、逆光のうえに水草が生えているのでわかりづらかったが、浮いたような状態でぐったりと倒れている人影が見えた。

「……っ」

水草を割って浅瀬を進むと、金髪の、ほっそりとした男性だというのがわかった。

——まさか　死体？

ほんの一瞬、心臓が飛びだしそうなほど驚いたが、よく見れば死体ではなかった。

半分だけ顔が浸かっているものの、ちゃんと息をしているのがわかる。呼吸のたび、うっすらと肩のあたりが動いているのだ。交通事故にでもあったのか。

「ん……っ」

怪我をしている。額とあごから血が流れ、衣服もボロボロで血がにじんでいる。やはり交通事故にあったのだ。

「さゆにいちゃん、パパだよね」

パスカルがくいっと紗由のシャツの裾をひっぱる。

「あ……う……うん」

わけがわからないまま無意識のうちにうなずいた紗由のシャツをパスカルがくいくいとさらに強くひっぱる。

「パパ、拾ってきて。このままだともっと落ちちゃうよ」

拾う？　拾うって？

そうだ、何とかしないと。沈んでしまう。ああ、だけどどうしよう、どうしたらいいのか。

紗由は硬直した。

昨年末、事故にあった母のことを思いだす。

飲酒運転のうえにスピード違反。この先のカーブのところで横転事故を起こして即死。観光客にも大怪我をさせてしまった。

母が死んだと聞かされたときのショックがよみがえり、血の気がひきそうになるのを感じながらも、だめだ、ぼくがしっかりしなければ、助けなければと自分に言い聞かせ、震える手でスマートフォンをとりだす。

「しっかりしてください……い、今、救急車を！」


その数時間後、紗由は近くの診療所にいた。

異父弟のミシェルが入院している小さな病院である。

ザザ、ザザ……と静かに波の音が響き、夜のやわらかな風がカーテンをゆらすなか、紗由は医師からさっき湖から拾いあげた男性の診断結果を聞いていた。

「……では、命に別状はないんですね」

紗由はホッとしたように息をついた。

「ええ、脳波は正常だし、水も飲んでいなかったようだし、傷も浅かったから」

パソコンにデータをうちこみながら、カロリーヌという女性の先生が淡々と説明する。先生は、一昨年、ここにやってきたすらっとした黒髪長身の若い先生だ。銀縁のメガネをかけている。周りからはモデルのような美女として人気らしい。

「よかった」

「まあ、でも今日は入院かな」

入院……。

あのとき、紗由はすぐに救急車を呼ぼうとしたのだが、ちょうどヤニック神父が忘れ物を届けに現れたので、そのままふたりで彼をひきあげ、車で十五分ほどのところにある彼女が勤務している診療所に連れてきたのだ。

男性が診察をうけている間、紗由はいったんパスカルと家に帰って食事をし、ミシェルの着替えを用意したあと、もう一度、夕方に診療所にもどってきた。

診療所といっても、内科と外科と小児科のある病院で、彼女の夫が小児科と内科、彼女が外科を担当している。

おじさんの牧場から近くて、入院費が安いので紗由にとってはとてもありがたい診療所だ。さっき、湖にいた男は、病床が足りないので、今、ミシェルの病室で寝ている。

ここには眼科はないものの、カロリーヌ先生が立ち会う形で提携先の大学病院の眼科とオンライン診療ができ、薬も処方してもらえるので、紗由も一カ月に一度ここで術後の検診を受けていた。紗由のところからニームの大学病院に通うのは大変なので助かっていた。

「あのひと、ここに入院するのですか？」

「そうね、今のところ、救急指定病院に搬送する必要はなさそうね」

「意識不明でしたけど」

「ああ、それはお酒が原因。泥酔状態だったから。薬物はやってなかったかな」

酔っ払って寝ていたのか。それはあるかもしれない。観光客の女性たちがふらふら歩いている不審者がいると話していたけれど、多分、彼のことだろう。

「では湖に浮いていたのは……」

「酔ったまま誤って落ちたってとこじゃない？　パスカルとあなたが発見したんだっけ？　命の恩人よ。あのまま眠っていたら、いずれ溺死しただろうから」

「……よかった」

紗由は笑顔を浮かべた。

「知りあい？」

手を止め、カロリーヌが問いかけてくる。紗由は首を左右にふった。

「あ、いえ、見かけないひとなので観光客かも……」

「そう、そっか。警察があとでくるから、くわしい状況を話して」

「はい」

「交通事故の心配は？」

「それも警察にたしかめてもらわないとね。一応、ひたいと腕と足の傷は縫ってぐるぐる巻きにしておいたけど……何事もなければすぐによくなるはず」

「何事って?」

「あ、ああ、感染や化膿の心配。怪我をしてからけっこう時間が経っているようだったから化膿する危険性が高いかも。あと、湖でなにかに感染しているかもしれないし」

「感染て……破傷風とかですか?」

「そうね、他にもいくつか淡水や土で感染するものが。熱が出るかもしれないから、抗菌薬の点滴を投与するけど、今のところ五分五分ってところかな。小児科にしか病床がないから、このままミシェルの横のベッドで一晩入院ということになるけど、いい?」

「あ、はい、もちろんです」

「ただ……今回の新しい傷のほかに、足と腹部に古い傷跡もあって……どう見ても普通にできた傷じゃないんだけど」

「普通にって?」

「あちこちに手術のあとが。今回の怪我とは違って。戦争にでも行ってたのかな」

「えっ」

紗由は驚いて声をあげた。

「あ、ううん、ちょっと違うかな。銃弾とか火薬でできた傷ではないから。格闘技でもしていたのか、それとも喧嘩っぱやいのか知らないけど……訊いても全然答えてくれなくて、荷物も身分証もなくて。紗由、なにか近くに落ちてたりしなかった?」

「あ、いえ」

パスカルのご飯のためにもどったとき、カバンやなにかないかさがしてみたけれど、彼の持ち物はなにも見つからなかった。

「いずれにしろ傷自体はそう深くないから化膿しなければすぐに治るはず。今夜はミシェルの部屋に入院させて、明後日まで様子を見て、問題なさそうなら退院してもらう」

「ではミシェルと一緒に退院ですね」

「そうね、問題がなければ」

カロリーヌ先生が苦笑いしたあと、少し困ったような顔をした。

「ただ……ひとつ厄介なことがあって。こういうことは個人情報保護に反するし……さっきから紗由にいろいろ説明して悪いんだけど……なにかヒントが欲しくて、つい」

「……は、はあ」

ヒント？　意味がわからないまま小首をかしげた紗由をじっと見つめ、カロリーヌが重々しい様子で息をつく。

「実はね」

「はい」

「彼、記憶がなくて……わかりやすく言えば、記憶喪失なの」

記憶喪失――――――。

ドラマや映画ではたまに耳にする言葉だが、現実にそのようなことが身近で起こるなんて。

「記憶がない……か」

ミシェルのとなりのベッドで眠っている男性の顔を紗由は困った表情で見つめた。

名前も何もわからない二十歳くらいの金髪碧眼の怪我をした男性。カロリーヌ先生が診察していたときは起きていたようだけど、今はぐっすりと眠っている。

頭には包帯。先生の話では、手術のあとがあるのでどこかの病院の記録に残っている可能性はあるけれど、個人情報なので警察に調べてもらうしかないとのことだった。

「ねえ、やっぱりパパだよね」

パスカルがニコニコと笑顔で椅子の上に立って彼のベッドをのぞきこんでいる。

「うん、パパだね」

となりのベッドにいるミシェルもちらちらと彼を見て、パパと呼んでいる。

ふたりとも、さっきまで昼寝をしていたのだが、今はずっとその男性を興味深そうに見ていた。本気で父親だとかんちがいしているようだ。

紗由はどうしよう……と肩を落とした。

ちょうど病室にやってきたカロリーヌ先生がおどろいた様子で問いかけてくる。

「えっ、やだ、紗由ってば、知り合いじゃないって言ってたけど、彼、双子たちのパパなの？」

「え……」

パスカルとミシェルが彼を見て「パパ」だと思いこんでしまったのには理由があるのだが、今、それをこの場でカロリーヌ先生に伝えるのはむずかしい。

「でもそれなら記憶を失っていても、子供たちと接しているうちに思いだすかもね。警察には事故の可能性を検証してもらう予定だけど、身元がわかってよかった」

「え……あの……いえ」

そういうことではないんだけど……と、紗由が口ごもっている間に、双子たちが先生に自慢げに話しかける。

「先生、見て見て、パパだよ」

「うん、パパがきてくれたんだよ」

カロリーヌ先生が笑顔で答える。

「よかったね、ミシェルの手術を心配してきてくれたのかな」

「うん、そーだよ。でもパパ、怪我しちゃったの？」

「そうなの。怪我しちゃって、それが原因でいろんなことを忘れちゃったみたいだけど、ミシェルとお話ししたらよくなるかもね」

カロリーヌ先生は、すっかり彼がパパだと信じているようだ。

「わあ、そっか。ミシェル、がんばる」

「パスカルもがんばる」

「えらいえらい、ふたりとも、とってもお利口さんでいい子だね」

楽しそうな三人のやりとりを紗由は複雑な気持ちで見ていた。

――まいったな、カロリーヌ先生には、あとで説明しないと。

紗由は困惑した顔でミシェルのベッドサイドに貼られたポスターに視線をむけた。

紗由がマルシェワゴンに貼っているものとまったく同じ絵柄だが、こちらのほうが倍くらい大きいサイズだ。

このポスターが双子たちのかんちがいのそもそもの原因なのだ。

三年前のものだが、ここに民族衣装を着たアルルの春祭りの女王と、まだ十代の若い闘牛士とがならんで描かれている。

この闘牛士は、このときの春祭りの闘牛大会でマタドールに昇格した若手の新人なのだが、何と、今日、パスカルが見つけた金髪の男性とそっくりなのだ。

——本当によく似ている。ポスターの闘牛士よりも、ちょっとここにいる男性のほうが年がいっているかな。

だからパスカルがパパだとかんちがいしても仕方ないのだけど。

そこに描かれている春祭りの女王も母の若いころとよく似ているとかで、亡くなるちょっと前にシモンおじさんのところからそれをもらってきた母は、パスカルとミシェルに『これは、若いころのパパとママの絵なのよ』と嘘をついてしまったのだ。

そのときのことを思いだしながらポスターを見ている紗由の視線に気づき、カロリーヌ先生は、「あら、そっくり」とベッドで眠っている男性とポスターを交互に見た。

「この絵のマタドールは、まだ少年ぽさが残っていて若々しいけど、三年前のポスターだし、今なら、ちょうどここにいる彼くらいに成長してそう。ほんと、似ている」

「似てるんじゃないよ、このポスターのマタドール、ぼくたちのパパなんだ」

「そうなんだよ、このマタドールと、ここにいるパパは同じひとなの」

パスカルとミシェルが口々に言う。

「そうなの？」

カロリーヌ先生が目をぱちくりさせる。

「えっ……いえ……あの」

「そうか。なにか説明できない事情があるのね。エヴァよりずっと若いし、この彼、普通じゃない感じだし……いろいろと深刻そうね。わかった、だまっておく」

カロリーヌ先生にポンと肩を叩かれ、紗由はどう説明していいか困惑した。

あれはちょうど一年くらい前のことだ。

ポスターがどんなものなのかは見えないものの、母の言っていることが嘘だというのはわかったので、紗由は双子たちのいない場所で母親に問いかけた。

*

『母さん、そんなこと……言っていいの？　ダメだよ、あの子たち、本気で闘牛士をパパだと信じちゃってるよ』

するとと母はくすくすと笑って返した。

『いいじゃない、似てるんだもん。あの子たちのパパもこの彼に似てイケメンだったのよ。それに、私、じっさいに闘牛士と恋したこともあるのよ。春祭りの女王をしていたときに口説かれちゃってさ。このマタドールより年上だけどね』

『イケメンとか言われても……ぼくには見えないから。それよりお母さんも普通にまわりにいるひとと恋愛したらいいのに』

どういうわけか母のエヴァは、一般人ではなく、ダンサーだったり役者だったり……と、なにか特別なことをしている男性を好きになってしまう。

しかも必ず「イケメン」という形容詞がついている。

『紗由、あんたさー、全然、性格が似てないのはわかっていたけど、こんなに正反対とはね、私の子供にしては常識的すぎない？　倹約家だし、勤勉だし。まあ、あんたみたいなしっかりものが一家にひとりいてくれるほうが頼もしいんだけどさ』

『ぼくが常識的かどうかはわかんないけど、有名なひとやイケメンとか関係なく、もっと母さんを大切にしてくれそうな相手と恋愛できないの？』

『やだ、そんな相手、好きになれないのよ。心が燃えあがらないの』

『でも最終的にいつも泣いてばかりだし』

『まったく。私と父親の両方に似て、憎たらしいほどの美人さんなのに、そんなんじゃ、誰からも好きになってもらえないよ。恋人ができなくてもいいの？』

『いいよ、ぼくは恋なんてしないから。今のまま静かに暮らせればそれでいいから』

『あんた、かわいげないよ。子供のとき、入退院をくりかえしていたせいかな。病院の関係者って、何かまじめなやつ、多いもんね。その影響かな。私より頭もいいし。あと教会にあずけていた時期もあったし……それとも私を反面教師にしてる？』

多分、それ、全部、該当すると思う。と言いたい言葉を喉の奥にもどし、紗由は諭すように母に言った。

『でもこのひと、実在の有名人だよね。よくないよ、ポスターにもなってるスターを双子たちのパパだなんて言ったりして』

『いいじゃない、この闘牛士、すぐに引退しちゃったみたいだし。このときだって有名でも何でもない新人だったみたいだし、もう誰も覚えてないんじゃない？』

『えっ、引退？』

『そう、怪我をしてやめちゃったみたい。今でも覚えてるのは、シモンくらいかな』

『シモンおじさんがどうして』

『大ファンだったみたい。ものすごい才能を見つけたとか言ってさ、本場のスペインまで行って、せっせとサポート代をつぎこんで、春祭りの闘牛にも招待するようにって、アルルの闘牛場のオーナーに直訴して、その上、このポスターのモデルにも推薦して画家に描かせて、いっぱい印刷して、あちこちに貼ってたから』

ああ、だからたくさんポスターをもらってくることができたのか。

『おじさん……結婚しているのに、そんなに闘牛士のことが好きだったの？』

『あ、そういう意味じゃなくてさ……何ていうのか、推しとかご贔屓とか、そんな感じで好きだったみたい。神さまに選ばれた仕事だからね。とても神聖で特別な存在なの』

神さまに選ばれるのがどんなものなのか想像がつかない。でもそれだけで自分とは無縁の遠い世界の人間なのだというのだけはわかった。

『でもさ……結局、この闘牛士、神聖でも何でもなくてさ、このお祭りのあと、事件か事故かで怪我をして、再起不能になってしまったんだって。バカだよね。金ドブしてさ。こんな男に投資するくらいのお金があるなら、うちを助けてくれてもいいのにさ』

『でも住むところも仕事もくれているし』

『なに言ってんのさ。ここ、元々うちの両親のものだったのよ。なのに、私たち、居候のようなあつかいでさ。ひどい話よ』

それはない。たしかにここは母の両親のものだったけれど、従業員の話だと、ペンションも牧場も、おじさんがいなかったら存続させることはできなかったらしい。

祖父母の時代は完全に赤字経営で、銀行からの多額の借入もあったとか。そこに事業家のシモンおじさんがやってきて、やり方を一新してすべて黒字に変えたというのはこのあたりでは有名な話らしい。紗由の母ではどうすることもできなかっただろう。

『ま、いずれにしろ、もう引退した闘牛士なんだから、迷惑がかかることもないし、なかなかいい男だし……ちょうどいいんじゃない。これからミシェルとパスカルのパパは、この闘牛士ってことで。言ったもん勝ちよ』

言ったもん勝ち。そんなものなのだろうか。

紗由には母親の言う理屈が理解できなかったけれど、果たしてそれがどんなポスターなのか、ぼんやりとした輪郭しかわからないのだし、そもそも『闘牛』を見たこともない紗由には想像もつかなかったので、それ以上はなにも言えなかった。

＊

あのときは、自分たちのパパがカッコいいヒーローだと思いこみ、双子たちが大喜びしたので、母はうちの家のキッチンにも寝室にも同じポスターを貼ってしまった。

それでもまだ数枚残っていたので、ミシェルの病室にも貼っている。

あれ以来、パスカルもミシェルも自分たちの父親はこの闘牛士なのだと信じこんでいる。そして天国にいった母親もそのとなりに描かれている女性だと思っている。

ふたりにとって、このポスターは母親と父親そのものなのだ。

あまりにも双子たちが純真にそう思っているので、そうだったらいいのに、そうかもしれない、いや、きっとそうだ……と、紗由もよく想像して楽しんでいる。

自分の脳内でだけのことだけど。

——実際、ぼくも双子たちとは違う理由だけど……このポスターに憧れている。

生き生きとした表情の闘牛士。この目で見たことがないので闘牛士というのがどんなことをする仕事なのかあまりよくわかっていないのだけど、母やシモンおじさんの話では、とても神聖で、神さまから選ばれたすばらしい仕事らしい。

神さまに選ばれるってどんな存在なんだろう。本当にそんなひとがこの世にいるのだろうか。

もう引退したと言っていたので、じっさいに見ることはないと思う。けれど、だからこそこの世のものではない尊い二次元的な存在として、紗由はこの絵に描かれている「セルジェイ」という闘牛士をひそかに慕っていた。

——自分がだれかと恋愛できるとは思わないし、リアルで恋をするのは怖いし、このひとをそんなふうには思ってないけど、頭のなかで仲良しになった自分を想像するだけならいいよね。

夜、眠る前、双子たちのベッドの横に貼ったこのポスターを見て、いろんなことを脳内で想像するだけで紗由の胸は満たされる。

彼の恋人になる自信はない。そういう設定だけだとしても想像がつかないし、どきどきとして頭のなかがぐちゃぐちゃになる。

かといって友達という設定もちょっと違う。

やっぱり双子たちのパパという設定が一番安心できる。

湿原のフラミンゴを見ながら、家族みんなでピクニックをするところ。

それからマルシェワゴンで、家族みんなでアイスを売っているところ。

あと、一度も行ったことがないけれど、アルルの春祭りに家族みんなで出かけたい。

住んでいる場所が狭いので、このくらいのことしか想像できないけれど、そんなことを考えながら目を閉じると、とっても素敵な夢を見られる気がして胸がはずむのだ。

なによりこの絵を見ていると、母さんが生きているような気がする。

そのとなりに描かれている闘牛士が双子たちの本当のパパで、ぼくも含めて家族五人で暮らせたらどんなに楽しいだろう。

——そんな日は永遠にこないけど。

母さんは死んでしまったし、この闘牛士は双子たちのパパではない。

けれどいつか会いにきてくれる、と双子たちは信じている。

心臓の弱いミシェルにとっては、父親がかっこいい闘牛士だというのは生きる支えのようなもので、春祭りの女王だったママと恋をしてできたのが自分たちだ、そしていつか会いに来てくれると思うことが希望となっている。

パスカルもそうだ。今がどんなに貧しくても、母親がいなくなって淋しくても、いつか闘牛士の父親が現れるはず、そしてミシェルの病気も回復して、みんなで幸せに暮らせると思い、泣き言もわがままも言わずにいつも笑顔を浮かべるようにしているのだ。

そんな健気な双子たちの前で「違う、あれは母さんの言った嘘だ」と否定するのは辛い。

いつか真実を伝えなければ……とは思っている。パパだというのはただの妄想で、それは現実ではないのだと。

でも今、真実を告げる勇気はない。

今、ミシェルは手術前のとても大切な時期だ。がっかりさせて病状を悪化させるような事態になったら……と思うと、ここで本当のことを話すのはやめておいたほうがいいだろう。

そうしたことがあって、きちんとした事情をカロリーヌ先生に説明できないでいるのだ。

もちろん彼女はそんなこちらの考えなど知るよしもなく、双子たちの本物のパパだとかんちがいしたまま笑みを浮かべた。

「大丈夫、心配しなくても。スキャンダルになるから隠し子のことは内緒ってわけでしょ。そのくらい察しがつくから安心して」

カロリーヌ先生が腕を組み、納得したようにうなずく。

「記憶がすぐにもどるかわからないけど、ミシェルの手術のため、わざわざここまできてくれて怪我をしたってことなら……しばらくはミシェルと一緒にいたほうがいいでしょうね」

「うん、ミシェル、パパと一緒にいたい」

「パスカルもパパと一緒にいたい。マタドールになるの、教えてもらうんだ」

「あ、待って……パスカル、ミシェル、このひとは……」

紗由が言ったとき、彼がパッと目を覚ました。そして眉をひそめたまま半身を起こす。

「わあっ、パパ、パパが目を覚ましたよー」

パスカルが驚いた顔をした男性に飛びつく。

「え……」

男性が息を呑む。顔の半分に包帯をしているが、目を開けるとさらに似ている。

――そっくりだ。髪と目の色が同じというのもあるけど。

見えている部分だけではあっても、ポスターの絵のマタドールがそのまま三次元化して現れたようにも感じられ、紗由の心臓は爆発しそうになる。

どうしよう、本当にそっくりだ。絵から出てきたみたいに、毎日毎日、脳内で描いていたひとがここにいる。

「パパ、パスカルだよ、パパーっ」

パスカルがうれしそうに彼に飛びつく。ミシェルもベッドでニコニコとしている。

紗由はハッとした。

違う。ここにいるのは現実の人間。ポスターの彼ではない。

「……パパ？」

彼がきょとんとした顔で目を見ひらく。

どうしよう、どう説明すれば……。

FER
D'ARL

2　紗由――青色の魔法のバタフライピー

結局、その翌日、退院したミシェルとともに名前のない彼も紗由が住んでいる家にやってくることになった。

一応、あのあと、カロリーヌ先生には事情を説明したのだが、「じゃあ、やっぱり身元を確認しないとだめなんだ」と困った顔をされた。

身分を表すものも何もない。靴も見当たらない。

発見したときに着ていたシャツとズボンは欧州全体に浸透しているファストファッションで、インナーもそうだった上に製造番号がついたタグなどもなかったのもあり、衣類のメーカーから、彼がどこの出身なのかさがすのは無理だということだった。

問診でわかったのは、おそらくフランス語のネイティヴだということだ。しかも南フランス特有の訛りはなく、どちらかといえばパリジャンの話し方に近い。

だから生粋のフランス人で、おそらくパリの周辺出身なのだろうということだ。

一応、イタリア語とスペイン語も理解できるようだが、ネイティヴという感じではなさそうとのことだった。

「フランス国内のデータを照合したが、それらしき身元不明の捜索人は見当たらないね。フランスの過去の犯罪者リストも照合してみるよ。まだ学生かもしれないので各大学に問いあわせてみる。あとは、スイスのフランス語圏にも捜索をたのんでみるよ」

警察はそう説明した。

「それでも見つからなかった場合は、フランス語圏以外にも捜索の範囲をしらべ、シェンゲン協定内の各警察に問いあわせることになるだろう。アフリカや東欧からの不法移民の数も多いし、そっち方面の人間だったら身元を突きとめるのは困難だろうね」

現時点では誰なのかわからない。職歴もフランスのデータにはないらしい。それらしき身元不明人の捜索願いも出ていない。

——フランス人か……だとしたら、あのポスターのひととは別人だ。母さん……たしか、あのひとはスペインの人間だと言ってた。

そうだ、シモンおじさんがせっせとスペインに通っていたと話していた。それにあのポスターになる有名人なら、とっくに捜索願いが出ているだろう。

「それで、紗由、きみに相談なんだが」

「ええ、私からも同じ相談が」

警察官とカロリーヌ先生がかしこまった顔で話しかけてきた。

「は、はい」

ここは地方都市の小さな警察署だし、犯罪者でもないのに留置所に連れていくことはできない。

できれば、傷の消毒に通院はしてもらいたいが、入院させるほどの怪我ではないので、病院に置いておくわけにもいかない。

パスカルもミシェルも彼のことをパパと思いこみ、記憶喪失という病気は自分たちと一緒にいたら治ると信じている。

ということで、紗由のところに滞在させることはできないかとカロリーヌ先生と警察官が提案してきたのだ。

紗由のところがダメなら、おじさんのペンションに一室借りることができないかとも提案されたが、当事者である彼が子供のそばがいいと言ってくれたのもあり、一緒に連れて帰って、部屋をひとつ開放することにしたのだ。

その間に、警察のほうでも、もう少し範囲を広げて身元不明の捜索願いが出ていないかさがしてくれるということだったが、今日からしばらく近郊で映画祭があるのもあり、テロ対策等々で人手が足りないらしい。なので、しらべるのはそれが終わってからだと伝えられた。

「わかりました。では、うちで」

とりあえず彼の診療代も紗由が立て替えることになり、最終的に一週間後のミシェルの検診のときにもう一度一緒に来るということで話がまとまった。

――そのあいだに、彼の記憶がもどるか、身元がわかればいいんだけど。

ただし、記憶がもどると、もしかすると、記憶喪失の間に起きたことを忘れてしまう可能性もあるらしい。

『そのときはそのときで、ミシェルの手術まで協力してほしいと私からもたのんでみるね。だから紗由は、その日まで、ミシェルたちが楽しく過ごせるようにがんばって』

記憶喪失中のことを忘れてしまう可能性。そんなこともあるとは。人間の脳というのは複雑だなと思いながら紗由は彼を連れて帰ることにした。

「ここです。ここに住んでいます」

翌日の午後、馬車に全員を乗せ、牧場のなかにある家に帰ってきた。

「わーい、おうちだ。ミシェルのおうち」

退院がうれしいのだろう。ミシェルは今にも走りだしそうな勢いで家に飛びこもうとした。ハッとパスカルがミシェルに声をかける。

「待って、ミシェル。走ったら、ぜえぜえしちゃうよ。さあ、パスカルといっしょに入ろう」

ミシェルに手を伸ばすパスカルの姿に、紗由は思わず笑顔になる。

ふたりとも、とても優しくてまっすぐに育っているように思う。パスカルはひとりだとやんちゃで元気がありあまっているように感じるけれど、ミシェルと一緒のときは病気を気づかって静かに過ごそうとしてくれる。

意識的に合わせているのか、無意識でそうしているのかはわからない。ただ紗由はパスカルのそういうところがとても好きだ。

ふととなりを見ると、紗由と同じように彼も双子たちをじっと見ている。顔の半分に包帯をまいたままだ。

「どうぞ、なかに入ってください」

声をかけると、少しビクッとしたあと、彼は紗由を見つめた。目を細め、なにかめずらしいものでもながめるかのように。

「あ……あの……なにか？」

「いや」

「あ……そう……そうですか」

ダメだ、彼も緊張しているようだけど、こちらも変に意識してしまって声がふるえている。声だけじゃない。心臓はさっきからずっとバクバクと音を立てているし、手も足もギクシャクとした動きになってしまう。

——このひとは推しじゃないんだから。あのポスターのひととは違うんだから。

自分にそう言い聞かせ、紗由は大きく息を吸って笑顔を作った。

「さあ、どうぞ、なかへ」

ふつうにしよう、ふつうに。

「あ、ああ」

うつろな表情のまま、彼は片側だけ松葉杖をつき、足を引きずりながら家に入っていく。

昨日からずっとこんな調子だ。

無口でぼんやりとして、受けこたえの反応もにぶい。話しかけると、しばらくじっと不思議そうに紗由を見つめる。会話もちぐはぐだ。

記憶がないというのはどんな感覚なのか、紗由には想像がつかないが、自分の足元がはっきりとしないような不安や心細さを感じているのではないだろうか。

せめてここにいる間は、快適に過ごしてもらいたい。

ミシェルのために、パパのふりをして過ごしてくれるという彼の好意にこたえるためにも。

こちらが緊張して、変な態度をとってしまったら、彼が不安になるだろう。

あなたにそっくりなひとと脳内で毎晩楽しくピクニックしていました、あなたとそっくりなひとと毎晩想像のなかでアイスクリームを売ってました……などと口にしてしまったら、気味の悪いやつだと思われてしまう。

「すみませんが、椅子に座って少し待っていてください。双子たちを寝かせるので」

「あ、ああ」

彼は無言でぐるっと部屋を見わたした。

この牧場の片隅にある小さな一軒家が紗由の住まいだ。もともとは見張り小屋だったところを改築して住んでいる。

「パパ、パパ、ここだよ、ここがパパの席。昔はママが使ってたんだ」

パスカルが椅子をトントンと叩くと、彼が目を細める。

「その椅子に？」

「はい、どうぞ。あ、飲み物、冷たいハーブティーでいいですか？　今日はラヴェンダーカモミールティーなんですが、飲めます？」

ハーブの種類はわかるのだろうか。一応、カロリーヌ先生の話では、彼は自分のこと以外はふつうに覚えているらしいけれど。

「あ、ああ、何でも。好き嫌いはない……いや、多分、ないと思う」

紗由はグラスにハーブティーをいれて彼に出すと、子供たちを連れて寝室にむかった。

「パスカルとミシェルは、今からお昼寝。そのあと、おいしいお菓子を食べようね」

「はーい、パパ、おやすみなさーい」

「うん、パパ、おやすみ」

パスカルとミシェルが昼寝をすると、紗由は扉を閉じ、改めて家のなかの説明をした。

「ここが生活空間です。キッチンも寝室も狭くて申しわけないですけど」

彼には昨年末まで使っていた紗由の部屋で生活してもらうことにした。現在、紗由は母のベッドを使っている。ミシェルとパスカルのとなりで寝起きしているのだ。

「ここで、ふだんは三人で暮らしています。昨年末に、母が亡くなるまでは家族四人で暮らしていました」

紗由は淡々といろんなことを説明していった。

「この建物、ぼくの親戚のシモンおじさんから間借りしているのですが、昔は彼が経営している牧場の見張り小屋でした。今は監視カメラがあるので見張りの必要はないんですが」

玄関を開けると、すぐにキッチンとダイニングがある。それから右側に双子たちと母親の寝室、左側に紗由が使っていた部屋。それからキッチンの奥にバスルームとトイレ、あとは洗濯場と物置とがある。

物置の下に小さな地下室があり、紗由はそこを食べ物の貯蔵庫にしている。石造りの階段で二階に行くことはできるけれど、まったく使っていない。

外観もだが、典型的なプロヴァンス地方特有の田舎の家になっている。

古めかしい漆喰壁、アーチ型の天井からぶら下がった裸電球、木製のカウンターは、蠟燭やバラやラヴェンダーの花で飾り、壁には鍋を並べて吊るしていた。床は赤茶けた南フランス風のテラコッタタイルだ。

つつましく、できるだけ手作りのものを使っている。日曜大工も自分でして……と節約を心がけているのは、お金が必要だからだ。

「三人ということは……きみが家計を？」

「はい、ぼくが父親と母親の役割をしています」

ミシェルの手術費用、それから母が事故をした相手への賠償金……。どれだけあってもお金が足りない。

——でも働くのは好きだ。誰かのためにがんばるって本当に素敵だと思う。目が見えるまでずっとできなかったことだから。

そんなふうに思いながら、紗由は説明を続けた。

「この建物の裏に、大きなラヴェンダー畑と果樹園がありますが、そのむこうに母屋があって、そこにシモンおじさんが住んでいます。この牧場のオーナーです」

その母屋からさらに庭園を抜けたところに、湖に面した一棟貸しのペンションが六棟あって、湖の真ん中にレストランがある。

「ぼくは、時々、そこの厨房でアイスクリーム作りを手伝って、マルシェワゴンで販売しながら生活費を稼いでいます。その間、双子たちは近くの幼稚園にあずけていて。あ、あと、それ以外の時間は牧場の仕事も」

「ああ、ここの」

彼はちらりと窓の外に視線をむけた。

「はい、このあたりの土地は全部おじさんのものなんです。建物の前にある闘牛用の牛の牧場も、そこから柵でさえぎられた東側の湿地帯や白いカマルグ馬の放牧場も」

闘牛の練習用のグラウンドと観光客用のバーベキュースペースもあり、紗由はアイスクリームマルシェのほかにグラウンドの整地、バーベキュースペースの掃除も担当していた。

「あの黒い牛がそうなのか？」

彼の視線の先——窓の外には広大な牧草地帯が広がっているが、そこに大きな黒い牛が百頭近く放牧されている。

「はい、危険なので柵のむこうには行かないでくださいね。牛は動くものに突進する傾向があるので、牧草地に入ると、襲われてしまいます」

「柵を破ってくることは？」

「それはないです。柵が壊れないかぎりは」

「わかった、気をつけよう」

「ざっとこんな感じです。なにか困ったことや要望があれば遠慮なく言ってくださいね」

「いや、特には」

キッチンカウンターの前にある椅子に、彼はすとんと腰を下ろす。さらりとした金髪、青い眸、百八十センチ以上のすらりとした長身。観光客が忘れていった白いシャツと黒いジャージとビーチサンダルしかないのだが、気にしない様子で身につけてくれた。

話をしているうちに、紗由の緊張も少しずつほぐれていた。

静かでおだやかな話し方をしている。そのせいか、このひとはポスターの絵ではなく実在の人間だという親近感のようなものを感じ始めていた。

「狭くて不自由をかけるかもしれませんが、最低でも数日はがまんしてくださいね」

「数日って？　ミシェルの手術までここにいるんじゃなかったのか？」

「そうしていただけたら助かりますが、それはこちらの都合なので。ご不自由をかけてしまうなら、牧場のオーナーのシモンおじさんがスペインでの仕事を終えてもどってくるので、あなただけでもあちらの屋敷に部屋をいただけないか相談します」

「必要ない。俺はここがいい。こんな体で、迷惑をかけてしまうかもしれないが」

彼は不安そうに笑った。右足はもともと怪我をしていたが、湖に落ちたときにさらにどこかでぶつけたらしく、しばらくは松葉杖をついてしか歩けないらしい。

「迷惑なんて。こんな小さな家で申しわけなくて」

「寝る場所があればいい。子供たちと一緒に過ごせるならどんなところでも気にしないよ。一応、パパなんだし」

「すみません……」

「どのみち記憶がないんだ。必要としてくれるところで過ごしたい」

さらっとそう答えているけれど、本当にそれでいいのだろうか。

「それにここはすごく落ちつく。気分がいい。だから俺にあっているのだと思う」

彼はぐるっと部屋を見わたした。そう感じてもらえるならよかった。

元々、小さな見張小屋を改築した建物なのでかろうじて人が住める程度のものだ。

いつか双子が大きくなったらここでは手狭になるだろう。

それでも今はとにかく食べるものがあり、暮らせる場所があり、それから双子たちのために時間の融通をきかせることができる環境なのでとても助かっている。

あとは少しでも暮らしが楽しくなるようにと、花や手製の蠟燭で飾ったりして生活を豊かにしようとがんばっている。

「このハーブティーもとてもおいしいし、テーブルクロスやカーテン、クッション……見ているだけで癒される。昔ながらのアンティークハウスみたいで」

「本当に？　そう感じてもらえたら嬉しいです。ぼくが作ったものなんで、ほつれていたりまっすぐじゃなかったりで恥ずかしいんですけど」

紗由は肩をすくめて笑った。

「きみが？　器用なんだな」

彼が微笑する。優しそうな笑顔にホッとした。

「ありがとうございます」

「このレース編みのコースターも？」

「あ、それも」

「鍋敷きも？」

「はい」

あとはパスカルやミシェルの服も、自分の服もすべて紗由が作っている。紗由が身につけているエプロンも。地元で分けてもらったプロヴァンスの生地やレースを使っているので、郷土色の強いアンティークな雰囲気になっているのだろう。

「そうだ、あの……お腹、すいてますよね？　病院では子供と同じ食事だったので」

「あ、まあ、たしかに」

「サンドイッチしかないんですけど、よかったら」

「それはありがたい」

バゲットに生ハムとトマトとチーズとキュウリをはさんだだけの簡単なサンドイッチだ。それから塩漬けしたイベリコ豚とキャベツのシンプルなスープ。

「おいしい。ありがとう」

訛りのないフランス語だ。このあたりの方言は話さないので、パリの方からやってきたのだろうとカロリーヌ先生は推測していたけれど。

——こんな有りあわせの料理を喜んでくれるなんて。しかも子供たちのパパ設定につきあってくれている。

もうしわけない気持ちになりながらも、おだやかで優しい人柄なのだというのがわかってホッとしていた。

双子たちのパパが本当にこのひとだったらどんなに素敵だろう。

いつもポスターを見ながら脳内で思い描いていたように、みんなでピクニックをしたり、みんなでアイスクリーム屋さんになったりできたら。

そんなことを想像しながらじっと見ていると、彼は不思議そうに眉をひそめたあと、視線をずらしてポリポリと指先で自身のほおをかいた。

「何か変か？」

「え……」

「いや、ニコニコしてじっと見てるから」

紗由はハッとした。つい、いつもの癖で。

「あっ、ごめんなさい、何でもないです。パパのふりをしてくれてありがたいなと思って」

「もしかすると俺が本物の父親なんじゃないのか」

真剣な顔つきで訊かれ、紗由は目をぱちくりさせた。

「正直に言ってくれ」

そうか、記憶がないというのは本当になにもわからないのだ。

「え……い、いえ、それはないですよ。ぼくの母親の彼氏になるんですよ。双子の父親は、母よりもずっと若くて二十代だったみたいですけど……」

「それもそうだな」

「あの……名前も思い出せないんですか。なにか呼び名があったほうがいいですよね」

「ああ、そうだな。適当な名前で呼んでくれ」

「適当……といっても」

「その、パパとやらの名前でもいい」

双子の父親の名前……母が私の愛しいひと《マイン・シャッツ》と呼んでいたのもあって、どんな名前だったか知らない。知っていたとしても母を捨てて哀しませた男の名前を使うのは嫌だった。母の泣き声を思い出して胸が痛くなる。

ほかにいい名前はないだろうかと何気なく部屋を見わたしたそのとき、視界にポスターが入り、紗由はハッと思いついた。

——どうせなら、この闘牛士の名前で……。

そう言いかけたが、言葉を呑みこんだ。それではあまりにも都合が良すぎるのではないかと思ったからだ。しかし紗由の視線の先に目をやった彼は、笑顔で提案してきた。

「この男の名前は？　パパだと思いこんでいるんだろ」

「え、ええ、そうですが」

母に似た女性と金髪の少年闘牛士のポスターだ。そこにセルジェイ・ロタール・デ・モルドバという名前が記されている。このポスターのモデルになった闘牛士の名前だ。

「病室にも貼ってあったな」

「はい、双子たちが父親だと思っている闘牛士のポスターです」

「たしかに俺に似ているが、ずいぶんレトロな雰囲気だな。アルルの春祭だし、ゴッホ風といったところか」

「ゴッホ？」

「画家のゴッホだ。知らないのか？」

「え、ええ、名前くらいは聞いたことがありますが、実際の絵は知らなくて」

「本当に？　記憶を失っている俺でもわかるのに」

「すみません、無知で」

「いや、謝んなくてもいい。俺だって絵にくわしいわけじゃないし」

「アルルの画家なんですか？」

「いや、百年以上前の、たしかオランダかパリか……どこか北のほうの画家だが、この近くのアルルにいたことがあって、そのときに描いた『跳ね橋』や『夜のカフェテラス』や病院の絵が世界的に有名なんだ。カフェや跳ね橋に行ったことは？」

「いえ……一度も」

ここからバスで一時間もかからないのに行ったことがない。

世界遺産の建物や有名な絵の舞台になった場所があるというのは何となく知っていたけれど、それがどういうものなのか知りたいと思ったこともない。

でもそういう自分の無知さを、今、紗由はとても残念に感じた。ちゃんと勉強しておけばよかった、一度くらい散策すればよかったという後悔が胸をよぎる。

自分が無知なままでは、双子たちの将来の道を狭めてしまう可能性もあるのに。

「恥ずかしいです、なにも知らなくて」

「そんなもんじゃないのか、地元って、意外と知らないものだ。俺だって……」

そう言いかけ、彼は言葉を止めた。そしてすぐに首を左右に振った。

「俺だってそうだと思ったけど……無理だ、思い出せない、どこが地元なのか。ゴッホの名前も作品もすらすら出てくるのに、自分のことはまったくダメだ」

あーあ、情けないな、と彼ががしがしと頭をかいて笑う。

「だから何も恥ずかしいことなんてない。そのうちみんなで観光に行こう。俺もそのポスターの舞台になった場所に行ってみたい」

「そうですね、みんなで一緒に」

優しい人柄だと思った。こちらが恥ずかしくないよう気を遣ってくれた気がする。

「とりあえず……名前はこれでいい。Sergey Rotaru de moldova で」

「いいんですか」

「この男が実は父親だとか？」

「い、いえ、とんでもない。一家の推しではありますが」

「推し？」

「ええ、双子たちのお気に入りで。もう引退した闘牛士なんですけど、シモンおじさんが大ファンなので、うちにもポスターがたくさんあったんです。母が、このひとが父親だって嘘をついたせいで、すっかり双子たちが自分の父親はスペインのヒーローだと信じこんでしまって、それで彼にそっくりなあなたのことを」

　本当はそうじゃないと伝えたいのだが、ショックを受けてミシェルの症状が重くなったら困るので、一応、医師たちも「そういうこと」にして話を合わせてくれているのだ。

「なるほど。きみは？」

「え……」

「推しじゃなかったのか？」

　彼が興味深そうに尋ねてくる。

「ぼく……ですか？」

　推し……。

「推しという言葉の意味がぼくにはよくわからないですし、闘牛というものがどんなふうなのか観たことがないので想像もつかないのですけど……」

そこまで言ったあと、紗由はポスターに視線をむけた。

「でもぼくにとっても、ある意味、推しなのかもしれません。本人のことは知らないですが、このポスターの彼がここにいて、家族みんなで一緒にピクニックしたり、アイスクリームを売ったりできたらいいなとよく想像していたので」

母が亡くなったあと、目の手術を受けて……それからここで双子たちを育てている間、たしかにこのポスターは紗由にとってもとても大切な存在のひとつだった。

「セルジェイか……変わった名前だな。闘牛士ということはスペイン人か。だが、モルドバという単語がついているということは、この男、モルドバ人か」

「モルドバ？」

「ああ、名前に『モルドバの』という形容詞がついている。モルドバは東欧の小さな国だ」

そんな国があったなんて知らなかった。

「だとしたら、この男、移民かもしれないな」

「本人のことはよく知らないので……あ、ちょっと調べてみます」

紗由はスマートフォンでセルジェイ・ロタール・デ・モルドバについて検索してみた。

写真が出てくる。

金髪の、東欧系のすっきりとした目鼻だちをした青年だ。濃い顔立ちが多いスペイン人たちのなかで、ひとり、まだみずみずしい若さに満ちている。

「やっぱり、あなたにそっくりですね」

といっても、セルジェイという闘牛士の写真は十七歳までしかネット上では出てこないので、年齢から受ける印象がここにいる「彼」とは違う。闘牛士の彼は前髪をあげているのもあるけれど、もっと近寄りがたい端正さを感じる。それでも骨格や顔立ちがよく似ているので、双子たちがパパだとまちがえたとしてもしかたない。

「本当に俺じゃないのか？　見ていると俺のような気もしてくる」

彼が画面をのぞきこみ、不思議そうに小首をかしげる。

もしかしてこのひとなのだろうか。

紗由は検索画面に出てきた闘牛士の顔と、目の前にいる彼の顔とを何度も見比べた。

似てはいる。目も鼻の形も、唇やあごも。

けれど目つきがまったく違う。

写真の闘牛士はすごく鋭い目をしている。にこりともしない冷たそうな雰囲気の男なので、ここにいる和やかで優しそうな彼とはずいぶん違う。顔を半分包帯で覆っているのもあるが、同一人物という感じはしない。

「このひと、あなたから受けるのと印象がずいぶん違います」

「違うってどんなふうに」

「ええっと、あなたが甘くてやわらかな感じのピーチソルベかイチゴのパンナコッタアイスだとしたら、このひとは、ビターチョコレートのアイスやグレープフルーツのジャム入りのソルベみたいな感じかな。ちょっと苦味がするんです」

「……」

さっぱり意味がわからないといった眼差しでじっと見つめられ、しまった……と恥ずかしさにほおが熱くなってきた。

時々、こういうところがあるのだ。ふとしたとき、紗由は相手に伝わりにくい言葉を口にして、変な顔をされてしまう。

学校に行っていないせいで同年代の友達がいないからか、長く視覚障害があって物事の捉え方が他のひとと少しズレているせいなのか。

「すみません、変なたとえをして」

「あ、いや」

「そうだ、あ、あの、モルドバの言葉ってわかります?」

話題を変えたほうがいいだろう。言葉についてきちんとたしかめておこうと思った。

「え……俺が?　いや」

どんな言葉を話す国なのだろうと、紗由がネットで検索すると、公用語はルーマニア語だと書かれていた。

——記憶をなくしていても……母国なら、言葉くらいわかると思うけど。

「えっと、ボンジュールがブナズィウァ、メルシーがムルツメスク……ですが」

さっぱりわからなさそうだ。

「記号にしか聞こえない」

だとしたら、やはりセルジェイ本人ではないということか。

「その闘牛士はスペインに?　このポスターが三年前のものなら、ちょうど俺くらいの年齢になっているはずだが、今も同じような顔立ちなのか？」

彼が不思議そうに問いかけてくる。

「いえ、今の写真はなくて」

「そうか。引退したんだったな。一般人になったというわけか」

紗由はネットに出ている記事をいくつか検索してみた。

といってもスペイン語の記事ばかりなので、自動翻訳でフランス語に変換してみる。ちょっと変な言いまわしもいくつかあったけれど、何となく理解はできた。

「ええっと……引退の理由は、暴力事件や飲酒運転での事故、婦女暴行を起こして、逮捕され、収監されたからで……薬物依存もあって今は入院中だと……」

そうネットの記事を言葉にしているうちに顔がひきつってきた。

よく読むと、まだ十代前半のころから酒場で暴力事件を起こしたり、闘牛前に飲酒運転で交通事故を起こしたり……問題の多いマタドールだったというのがわかる。

——こんなひとだったのか。知らなかった……。

今は薬物依存を治すため、アンダルシア地方の小さな村の施設に入院している、再起不能だと書かれている。そんな人間がフランスにいるわけがない。

「暴力事件、飲酒運転、婦女暴行、薬物依存……か。そのセルジェイという闘牛士、どうしようもないワルだったようだな」

彼がふっと笑う。紗由はハッとした。ずいぶん失礼なお願いをしていることに気づいたからだ。

「ご、ごご、ごめんなさい……ぼく、こういうことにうとくて知らなくて……スペインのこと、あまりニュースで流れないし……セルジェイという闘牛士が犯罪者だったとは」

「ああ、凶悪犯のようだな」

「すみません、あなたに凶悪犯のふりをして……と、たのんでいるんですよね……世間のこと全然知らなくて……無知すぎて恥ずかしいです。本当にごめんなさい」

あまりにひどいお願いをしたことが情けなくて、申しわけなくて、紗由は屠殺場にまぎれこんだ仔牛のようにビクビクしていた。

しかし彼は笑みを浮かべ、首を左右に振った。

「なんで謝るの？　恥ずかしいことなんてひとつもないけど」

「でも」

「いいじゃん、どうせ記憶をとりもどすまでの間だ。それに本物のセルジェイさんとやらは、入院してるんだろ」

「え、ええ、そうみたいです」

「だったらいいじゃないか、ここでセルジェイごっこをしたところで、あとで訴訟なんて起こされないだろうし」

「なら、いいですけど。双子たちにはいずれは真実を教えなければと思っているのですが、ミシェルの手術の日まで。あなたをパパだと信じさせていただけたら」

「そのつもりだ。俺と紗由と病院のスタッフの間で、双子たちのために俺たちがセルジェイごっこをしていると承知のうえで、とりあえず手術までの間、かっこよかったころのセルジェイのふりをする、ということだろ。双子が喜んでくれるのが一番だし」

「ありがとうございます」

「礼を言うのはこっちだ。記憶がもどっても、どのみち俺の傷が治るのはそのくらいらしいし。期間限定で父親役というのも悪くない」

とんでもないことを頼んでいるのに、前向きに受け入れてくれるなんて。きっと記憶を失う前のこのひともすごくいいひとだったに違いない。

「外見から察するとあなたは二十歳くらいだとカロリーヌ先生が言ってましたが、それで四歳の子供がいるというのもちょっと無理があるかもしれないですね」

「たしかに。今、二十歳だとしたら……十五歳のときにきみの母親と寝てたということか。なかなか早熟で、すごい話だな」

彼は楽しそうにくすくすと笑った。

「あの……それでいいんですか」

あまりに彼があっけらかんとしているので紗由は不安になった。

「何で？」

サンドイッチに手を伸ばしながら彼が小首をかしげる。

「いえ……」

十五歳で、三十代の女性との間に子供――という、すごい設定を彼が気にしていないのなら構わないのかもしれないけれど。

「あの……自分のことがわからないというのは不安じゃないですか？」

パンを齧って飲みこんだあと、彼は肩をすくめて笑った。

「まあ……そうなんだが。カロリーヌ先生は、まずは怪我を治すことを最優先にして、あとは日常生活をしているうちに、ふとしたときに思いだすからと言ってた。だから気にしないようにしている。なるようにしかならないんだし」

ずいぶんケ・セラ・セラな感じの性格だと思った。

記憶をうしなう前からこんなふうだったのだろうか。優しくて、思いやりがあっておだやかで、細かなことを気にしないおおらかなタイプ。

紗由が脳内でこれまで妄想していた「セルジェイ」が現実に存在していたら、こんなふうなのかもしれない。

それとももしかすると、このひとはポスターから飛びだしてきたのだろうか。毎日毎日、妄想していたから。

と、バカなことを本気で考えそうになっている自分を心で「そんなことあるわけないだろ」と紗由が自嘲していると、彼はふと思いついたように言った。

「そうだ、明日からきみが働いているあいだ、俺が双子たちの世話をするというのはどうだろうか。一応、パパなんだし」

「え……」

紗由は目をぱちくりと見ひらいた。

「あ、もちろん、たいしたことはできないと思う。一緒にここで留守番をする、食事の手助けをする……程度のことしかできないけど、トイレの世話なんかも教えてくれたら」

「本当に?」

「ああ」

よかった。それなら仕事を増やすことができる。

「すごく助かります。今、観光シーズンで、けっこう大変なので」

「では決まりだ。しばらくの間、俺の名前はセルジェイで、あいつらの父親だ。ごっこ遊びでも疑似家族でもいいからそのつもりで暮らそう」

「ごっこ遊び？」

問いかけると、彼が笑顔でうなずいた。

「だからセルジェイと呼んでくれ。あいつらには、ひき続き、パパと呼ばせるが」

「は……はい、セルジェイさん、よろしくお願いします」

なんかちょっと照れくさいような気もするけれど、短期間だけでも双子たちのパパになってくれるというのがとても嬉しかった。

「ありがとうございます」

紗由がにっこり微笑すると、彼はそこにあったイチゴをつまんで紗由の口のまえに差し出してきた。

「じゃあ、これで乾杯」

「え……」

「甘くておいしいイチゴ。シャンパンがわりに」

「え、ええ」

「こんなにおいしいイチゴはめったにない」

「あ、本当に？　ぼくが育てたんです」

「自分で食べてないのか？」

「あ、いつもパスカルとミシェルに。そんなにたくさんないので」

「それを俺に？」

「え……ええ、ふたりにはアーモンドのケーキやプリンも作っているので。夕方四時くらいに用意します」

「そのケーキやプリン、俺には？」

上目遣いで、食い入るように彼が視線をむけてきた。体の奥まで見透かされてしまいそうな、そんな視線に感じて鼓動が踊りだしそうになってしまう。

このひとはポスターのセルジェイじゃない。ぼくが妄想していた相手じゃない。と自分に言い聞かせても、こんなふうにしていると肌がざわめき、紗由の声はふるえてしまう。

「だめ？」

「あ、い、いえ、もちろん。嫌いでなければ」

「大好きだ、多分」

「記憶がないのにわかるんですか？」

彼はうなずいた。

「何となくわかる。きみが作ったサンドイッチもスープもイチゴもジュースもハーブティーもなにかも好きな味だ。俺はきみの料理が大好きだというのがわかる」

「それなら、よかった」

「だから、きみも」

えっ……と目をぱちくりとさせた紗由の唇をイチゴで撫でていく。

食べろ……ということかな……と思って唇をひらくと、彼が唇のあいだにイチゴを押し込んできた。

甘くてやわらかなイチゴが口のなかでとろける。

「かわいい」

「え……」

「きみの食べている顔……すごくかわいい」

「……ぼくが……ですか？」

「キスしたくなった」

目を細めて彼が身を乗りだしてくる。

「え……」

「していいか？」

していいかって……そんな。

カウンターに手をついてたちあがり、彼が真顔で顔を近づけてくる。

「ちょっと待ってくだ……」

あとずさりかけたそのとき、ほおに彼の唇が触れる。

「……っ」

驚いて目を見ひらいている紗由と、そっとキスをしている彼——そんなふたりの姿が壁の鏡に映っている。

その横には、春祭りのポスター。

じっと見ていると、壁のポスターの絵の彼と鏡のなかの彼の顔が重なる気がして、もしかして……

という思いが紗由の胸をよぎっていく。

やっぱり似ている。まさかこのひとは、本物の？

じっと見つめると、彼が目を細めて微笑する。

「紗由からは？」

「え……」

「してくれないの？　キス……」

キスしてくれ……って……したほうがいいのだろうか。

パスカルやミシェルにするみたいに？　どうしていいかわからず上目遣いで見ると、彼が視線を絡めながら微笑する。

「不思議だ、何も思い出せないのに、本能的なことだけはわかる。俺……どうしようもなく紗由に愛されたいんだけど」

愛されたい？　あまりに突然のことですぐに意味が理解できず、紗由は息を止め、彼を見つめた。

とくんとくんと鼓動が異様なほど大きく脈打っていく。

「いきなりで……引いた？」

紗由は首を左右に振った。

「あ……そ……そうじゃなくて……」

「なんか……わかんないんだけど……命がけで愛されたい、愛に包まれて死にたい……そんな衝動が内側から湧いてくる」

ARLES
BRIL

彼の話し方はちょっとだけクセがある。南フランスとは違うパリジャン特有のものだ。語尾が鼻に抜けるようなアクセントとでもいうのか。

どの言葉もふわっと耳に溶けていくのだ。そのせいだろうか、その音が触れたところに熱がこもっていく気がする。

「ここ、ここがこんなふうになって……変なんだ」

彼は視線を絡めたまま紗由の手をとり、胸に導く。手のひらにドクドクとした彼の鼓動が伝わってきた。紗由の鼓動と同じくらいに大きく脈打っている。

「キスされたい、愛されたい……だから……してくれないか」

どうしよう。

紗由はもう一度上目遣いで彼を見た。

愛されたい……なんて。過去の記憶を失っている状態なのに、どうして彼はそんなふうな気持ちになってしまっているのだろう。

なくしてしまった記憶の向こうに、なにかとてつもない孤独なもの、愛への飢餓感のようなものを抱えていたのではないだろうか。

愛されたくても愛されない。哀しみ、絶望、餓え、孤独……。

だとしたら、今、彼が紗由に対して「愛されたい」と訴えてくる感情は本物ではない。もっと奥深くに根源があるはず。

そう、彼が失った記憶のなかにいる別の誰かへの感情。

でなければ、こんなにもあっさりと「愛されたい」という言葉が出てこないはずだ。愛されたい、という気持ちは、とても切実で、狂おしいもののはずだから。

「愛……あなたを愛する人間が……たとえば、ぼくであったとしても……いいんですか？」

震える声でそんなことを問いかけていた。

「どうしてそんなことを」

「きみがいいんだ」

「っ……あの……」

混乱したままでいると、そのとき、ノックの音が響いた。

ドンドンドンドンと激しく戸を叩く音に、ハッと緊張の糸がゆるみ、紗由は彼から一歩後ろに下がった。

「……あ……」

ぼくは何をしようとしていたのか。同じようにキスしかけていた。こんなこと初めてだ。

「紗由、カロリーヌ先生から聞いたよ、大変なことになったんだって。メッセージを送っても既読もつかないし、心配で」

ヤニック神父だった。

「すみません、ちょっと失礼します」

助かった。このままだと自分まで勘違いし、おかしな妄想に囚われてしまったかもしれない。このひとがポスターのなかから出てきたのだと。

紗由は玄関から外に出た。扉の前でヤニックが仁王立ちしていた。

「私に言ってくれたら、記憶喪失の男とやらをうちの教会であずかってもいいよ」

「え……」

「心配なんだよ、きみのところに変な男が住むなんて」

肩をつかまれ、紗由は一歩あとずさろうとした。

「変なんて……」

「どんな人間かわからないのに、恋人のところになんて置いておけない」

「その話はお断りしたはずです。ぼくは恋人になるとは一言も……」

「もう少し前向きに考えてくれ。きみの視力がまだ不自由だったころから、何て愛らしいんだろうとずっと可愛く思っていたんだ。エヴァが亡くなったときだってそうだし、きみの手術のときだって、私が双子たちをあずかったから……」

「そのことは感謝しています。神父さんとおじさんがいなかったら、ぼくはどうすることもできませんでした」

でもだからといって、それで恋人になるというのは違う気がする。けれどそうしたほうがいいのだろうか。

「私のところに連れていったほうが安全だ」

ヤニック神父の気持ちはありがたいが、それはあくまでこちらが付き合いを承諾するということを前提にしてのことだ。

「安全て……そんな」

「考えてもみろ。見ず知らずの記憶喪失のどこの馬の骨ともわからない男をここに置くなんて非常識すぎる」

神父がそう言ったとき、扉を開けてセルジェイが表に出てきた。

「俺は馬の骨じゃない」

腕を組み、威圧的な態度で彼が神父を見下ろす。

「だがどこの誰だかわからないんだろう。身元のわからない人間が恋人と同居するなんて私には耐えられない」

「待ってください、それは……」

するとヤニックが紗由の肩に手をかけてきた。

「隠すことはない。紗由、いいじゃないか」

「ちが……」

とっさに紗由はヤニックから離れようとした。そんな紗由の腕をつかみ、セルジェイが自分に引き寄せ、後ろからはがいじめにして耳元で囁く。

「俺は双子たちの本当の父親で、紗由の義理の父だ」

突然の言葉に紗由は「え……」と目をみはったが、ぎゅっと腕を摑むセルジェイの手の強さが「話を合わせろ」と言っている気がして、口を閉じることにした。

「……そう……なのか?」

ヤニックが目をぱちくりさせ、紗由とセルジェイを交互に見る。

「だが、きみは……ずいぶん若いじゃないか」

「ああ、十五のときにエヴァと付きあってた。大統領夫婦の歳の差に比べたら、どうってことはない」

「まあ、そうだが。……だが記憶喪失だと」

「頭をうったショックで一瞬忘れただけだ。息子たちに会いにくる途中で、頭をぶつけてしまったようで」

「本当に？」

するとそのとき、建物のなかからパスカルが飛び出してきた。そしてセルジェイと紗由の前に立って神父に必死に説明する。

「そーだよ、ヤニック神父、パパなの、パパが帰ってきたの」

昼寝をしていたときのパジャマ姿のまま、両手を広げて訴えるパスカルの姿に、ヤニックは納得したようにうなずいた。

「そうか、ではきみは闘牛士の……」

「ああ、セルジェイだ。だが、今、俺の隠し子の存在をパパラッチに知られては大変なことになる。ミシェルの手術前に、よけいなトラブルを起こしたくない。とにかく手術が終わるまで、あたたかい目で見守ってほしい」

「それは……たしかに」

「お願いします、ヤニック神父、ミシェルの命に関わることなので」

「もちろんだ、誰にも言わないよ。きみの身元がたしかなら、それに越したことはない」

「安心してくれ、神父さん、俺はあんたと違って男には興味ない。ましてや紗由は俺の義理の息子だ。手を出すわけがない」

「神に誓って？」

「もちろん、神に誓って」

セルジェイの言葉に、ヤニックは納得したように息をついた。

「本物ならしかたない。しかも神に誓われたのなら」

そうか、セルジェイは男性には興味がないのか。

さっき、愛されたい、キスされたいと言ったのは自分をからかったのか、それとも記憶を失った不安から口にしたものなのか——と紗由はホッとした。

と同時に、ちょっとだけ冬の風のような乾いた空気が胸を駆け抜けていく気がした。

「ヤニック神父、すみません、ではこれで」

ミシェルの手術までの二週間、ここで家族としての時間を過ごしたいので、パスカルも幼稚園を休むことなどを伝え、みんなで家のなかに入っていった。

「……さゆにいちゃん、パパ、かっこよかったね」

パスカルがニコニコしてセルジェイの腕をひっぱると、昼寝をしていたミシェルも起きてきた。

「さゆにいちゃん、ミシェル、フラミンゴのアイス食べたい」

「パスカルも食べたい」

するとセルジェイはふたりの手をとり、ちらっと紗由を見つめた。

「セルジェイも食べたい……と言ったら、引く？」

一瞬、意味がわからず目をぱちくりさせた紗由に、セルジェイはクスっと笑った。

「さすがに引くか」

「い、いえ……あ……いえ、そんなことないです。みんなでアイス、食べましょう」

紗由は冷凍庫から、フラミンゴアイスをとりだし、ディッシャーを手にとってそれぞれの器にのせていった。

「パパ、これね、フラミンゴが飛んでいく感じに似てるんだよ」

スプーンをにぎりながらニコニコして説明するミシェルに、セルジェイは目を細め、じっとアイスを見た。

「なるほど。ピーチソルベが先にとけていくところがそう見えなくもないな」

「ええっ、見えるよ、フラミンゴがパーっと飛んでいくところに」

「そうか？　そんなふうには見えないぞ」

セルジェイの言葉に、「見えるよ見えるよ」とパスカルとミシェルが口々に言う。

「見えない」

「見える」

「見えないって」

「見えるよ」

「見えるよー、パパ、意地悪言わないで」

そんな攻防をくりかえすうちに、双子たちが「見えるよ、見えるよ、フラミンゴだよー」と言ってグスグスと泣き始めた。

「すまない……泣かすつもりじゃなくて……俺としては……白いパンナコッタじゃなくて青だといいなと思っただけで」

セルジェイはがしがしと頭をかいたあと、ふっと何かを思いついたようにそこにあったグレープジュースをかけた。

「うーん、ちょっと違うな。紫だと夕暮れどきになってしまう」

彼の言葉に紗由はハッとした。そうか、この人は青空に飛び立っていくフラミンゴのアイスを作りたいんだ。それが子供相手に本気で反論していた理由。

「ミシェル、パスカル、パパはすごいよ、見てて」

紗由は冷蔵庫からバタフライピーのハーブティーをとり出した。

最近手に入れた東南アジア産のハーブで、ここの庭で育て始めたのだが、綺麗なブルーの色が出るので何かに使えないかと思っていたのだ。

「こうすれば、色が青くなるよ」

パンナコッタのところを青くすると、ピーチソルベが溶けていくにつれ、青空にむかって湖からフラミンゴが飛び立とうとしている姿に似てくる。

「パパはこういうふうなアイスが食べたかったんだよ。ほら、見て」

神秘的なブルーのアイスに、ピンク色のソルベが溶けあってとても素敵だ。

「わあわあ、すごい、すごいよ、食べていい？」

「わあわあ、すごい、食べたい」

双子たちが次々と言う。

「すごい、本当にフラミンゴが飛んでいくようだ」

セルジェイも感心したようにじっとアイスを見つめた。

「ずっとなにかが足りないと思っていたのです。でもわかりました。青空が足りなかったんです。ありがとうございます。あなたがヒントをくださったので理想の色に近づけました」

「よかった。役に立ったのか」

「はい、ぼくでは思いつかなかったです」

「じゃあさ、食べさせて」

「え……」

「食べさせて」

むかいの席に座り、じっとセルジェイがこちらを見つめる。

——食べさせてって……。

ちらっと双子たちを見ると、彼らは大きなスプーンで自分たちのアイスをおいしそうに食べている。

彼らが自分で食べているのに、どうして大人のセルジェイに……と思ったとき、彼の手に傷跡があることに気づき、紗由はスプーンを手にとった。

そうか、怪我があるから食べられなくて。

「すみません、気づかなくて」

紗由はスプーンでアイスをすくって、セルジェイの口元に近づけた。小さく笑みを浮かべ、セルジェイがアイスを口に含む。

彼の舌にのせると、やんわりと青とピンクのアイスが混ざって溶けていくのがわかる。自分は食べてもいないのに食べたように口のなかに甘味を感じるのはどうしてだろう。

「おいしい」

「よかった。ぼくもあとで作って食べてみます。味がよかったら、こっちをマルシェワゴンで売ろうかと」

「さゆにいちゃん、ミシェルと遊んでいい？」

アイスを食べ終わると、パスカルが問いかけてくる。

「ミシェル、お絵描きしたい。それからね、レゴブロックも」

久しぶりにミシェルが家にいるのでパスカルはとてもうれしそうだ。

「うん、いいよ。夕飯までふたりで」

「わーい、ミシェル、遊ぼう」

「うん、遊ぼう」

ふたりがぴょんと椅子から飛び降りて、自分たちの部屋にむかう。

「ずいぶん聞き分けのいい子供だな。おとなしくて静かだ」

セルジェイはテーブルに肘をつき、彼らが去っていった扉に視線をむけた。

「おとなしい？　でもあのふたり、母に言わせると、ぼくが子供のときよりもずっとやんちゃで、元気みたいですよ」

「あれで？　きみはいったいどんな子供だったんだ」

「どんなって……」

紗由は口ごもった。ずっと入退院をくりかえしていたし、物心ついたときから目がよく見えなかったので、子供同士ではしゃいだり遊んだりした記憶はない。

「今みたいな感じです。あなたは？」

「俺は……」

言いかけ、セルジェイは眉間に皺をきざんで口を尖らせた。

「……思い出せない」

深く息をつき、セルジェイは前髪をかきあげた。

「ごめんなさい、あなたは……なんて、訊いたりして」

「いや、俺もそのままするっと思い出せるかと思ったんだが……やはり無理だ」

彼の言葉が胸に痛い。自分は彼になにもできない。そう思うと、キリキリと胸が痛み、己の無力感に泣きたくなってきた。

「どうした」

紗由の目元がうっすらと濡れていることに気づき、セルジェイが問いかけてくる。

「何の力にもなれないことが哀しくなってきて」

「そんなことで?」

彼はクスっと笑って、冷蔵庫をチラリと見た。

「ならさ、もう一回食べさせてくれる? さっきのやつ」

フラミンゴアイスが食べたいらしい。紗由は手の甲で涙をぬぐうと、手を洗ってもう一度彼の器にアイスを入れた。

今度は盛り付ける前にパンナコッタにバタフライピーをかけて青くしてみた。

もっちりとしたパンナコッタアイスと桃のソルベとが時間差で溶け、混ざりあっていく様子が、本当にフラミンゴが青空に飛んでいく感じとすごく似ている。

「どうぞ」

スプーンでアイスをすくって彼の口元に運ぶと、「紗由も味見して」と言われ、紗由は自分の口に含んでみた。

「あ……っ」

以前よりもほんのりと爽やかさが加わったように感じられるのはバタフライピーのおかげだろうか。ひんやりとした甘味が優しく蕩けて舌先をおおっていく。ちょっと痺れたような冷たさが心地よくて思わず笑顔になってしまった。

「……おいしい、すごくおいしいです」

「商品化できそうか？」

「してみます」

そのとき、セルジェイが指先でくいっと紗由の口元をぬぐった。アイスが付いていたらしい。その指先を自分でパクッと加え、目を細めて紗由を見下ろす。

「さっきの続きだけど……お礼も兼ねて……キスしてくれる？」

トントンとセルジェイが自分の口元を指で叩く。

「え……キスって」

「されたい……さっき言ったみたいに……」

「……不安だから？　記憶を失って……」

するとセルジェイはくすっと笑った。

「かもしれない、自分でもよくわかんないんだけど……いろんなことがわかりそうでわからない。不安なのかどうかも。ただ、きみにキスされたい、愛されたいって気持ちが湧いてくる。もしかすると不安だからかもしれないけど」

そんなふうに口にするセルジェイの肩に、紗由はそっと手を伸ばした。

出会ったばかりの自分を相手に、彼が本気で愛されたいと思うことはないだろう。ただきっと失った記憶のなかで、別の誰かから愛されたいと思っていた可能性はある。

その記憶がもどるまでの間だけなら。記憶がもどったあと、ここでの記憶は消えてしまう可能性があるとカロリーヌ先生は言っていたけど。

――いいですよね、記憶を失っている間だけ、あなたをぼくの推しだと思っても。これまでは妄想のなかだけで存在していた相手。つかのま、ここにいるだけのひと……。

紗由は思い切り背伸びをして彼の口の端にキスをした。

自分から他人にキスをするなんて初めてなので緊張で肌が震えた。

鼓動も爆発しそうだ。けれどこれは今だけのかりそめのことだと思うと、普段とは別の自分になった気がして、軽く触れるくらいのキスをすることができてしまった。

「さっきの神父とはどういう関係なんだ」

唇が離れると、セルジェイはふと問いかけてきた。

「昔からお世話になっていて……付き合いを申しこまれたのですが……ぼくは恋愛をしたいとは思ってなくて」

「俺とも無理？」

「え……でもさっきは神に誓ってしない……と」

「ああ、あれか。あんなの、嘘に決まってるじゃないか。ああでも言わないと」

「え……」

「あいにく神さまは友達じゃないんで」

だから誓いなんてどうでもいいんだと言わんばかりに肩をすくめ、セルジェイは楽しそうに笑った。つられて紗由も微笑する。

こんなひと、初めてだ。あまりたくさんの知り合いはいないけど、一緒にいると楽しくなってくるひとなんて誰もいなかった。

ああ、このひとが本当に双子たちのパパだったら。そしてここでずっとこんなふうに笑っていられたら。そして……母さんがいてくれたら。

かりそめの設定ではなく、永遠に続く真実だったらきっとすごく楽しかっただろう。幸せな気持ちで胸がいっぱいになったはず。

――うん、そうなったと思う。

でも同時に……ちょっと淋しかったかもしれない。どうしてだろう、前はそうだったらとてもいいのにとそんな想像をする時間が幸せでしかなかったのに。

なぜか気持ちが不安定になるのを感じた。

この関係が疑似家族という設定ではなかったら。紗由が望んでいるように本物の家族なら、セルジェイは義理の父親ということになる。

それなら、こんなふうにキスするのはおかしい。恋愛してはいけない相手になる。

と考えたら、どういうわけか目の奥が熱くなって泣きそうになった。

——ぼくはおかしい。あきらかに混乱して、頭のなかでいろんなことがごっちゃになっている。こんなに感情がアップダウンするのもめずらしい。

いろんな考えや想像がぐるぐると渦巻いて自分で自分の感情の収拾がつかない。

こんなことは初めてだ。

ただ笑顔でいたほうがいい気がしてずっと微笑を浮かべていると、セルジェイがそっと手を伸ばして紗由のあごをつかみ、軽くほおにキスしてきた。

「あの……」

困った気持ちになった紗由と目を合わせたまま、もう一度、顔を近づけてくる。

「今日はここまで。明日、もっと先までいいなら、きみからキスをしてくれ」

彼の唇の感触が肌に触れたとき、フラミンゴアイスを食べたときのように、やわらかで甘ったるいなにかが体内でとろとろに溶けていく気がした。

そんな不思議な感覚に支配され、その夜、紗由は眠ることができなかった。

明日も朝からマルシェワゴンで働かなければいけないのに。

しっかりと眠って、双子たちのためにがんばらないといけないのに。

3　セルジェイ——本能

果たして自分は何者なのか。名前も年齢も国籍もわからない。ネイティヴのようにフランス語が話せるので、フランス人だろうということだけしか。

不安ではないか——と紗由から訊かれたが、たしかに自分が誰なのかわからないというのは、月も風もない真っ暗な夜の海か、砂漠のど真ん中に放りだされたような感覚と似ている。

どちらが東でどっちが西なのか方角がわからない。

足の下も安定していない。

それでもなにか見えそうな気がして前に進もうとすると、いきなり足もとがぐらつき、急降下していくような感覚に襲われる。海の底か蟻地獄に落下していくみたいに。

一体、俺は何者なのだろう。

「じゃあ、行ってきます。あ、セルジェイさんのスニーカー、買ってきますね」

マルシェワゴンに馬をつなぎ、笑顔で仕事にむかう紗由を見送ると、セルジェイは双子たちと散歩に出かけることにした。

紗由、彼の笑顔を見ていると、ホッとしたような安心感に包まれる。

——あれから何の返事もなし……か。

紗由に「きみからキスしてほしい」「紗由から愛されたい」とたのんだのは二日前、それからは特にふたりの関係に変化はない。

双子がずっとそばにいるし、紗由は仕事で忙しいし……ということで、なかなか甘い雰囲気にもならないのだが。

それに記憶ももどらないままだ。

どんなに考えてもどんなに思い出そうとしても、永久に続く迷路をさまよっているような状態においる。

それでも必死にもがいて出口を見つけなければと自分の脳内を掘り起こしかけたとたん、いきなり目の前にシャッターが落ち、視界をふさがれ、行き場を失ってしまったような感覚にとらわれてしまうのだ。

そして頭のなかにいる別の自分がささやく。

これ以上、進むな。その先の世界を見るな——と。

どうしてそんな声が聞こえるのか。ただ、見つけてはいけない答えがその先にある気がして、シャッターを開けようという気持ちには至れない。

——いっそこのままのほうがいいのだろうか。

自分はセルジェイ・ロタールという闘牛士ではないが、双子たちがそれを望んでいるし、名前がないのも不便なので「セルジェイ」と呼んでもらうことにしたが。

自分でも「セルジェイ」という名前に違和感はない。

セルジェイという男、本国では、飲酒運転、暴行、薬物中毒等の犯罪を重ね、今はどこかの施設に入院中らしい。報道は控えめにされていたようだ。

だから紗由もカロリーヌ先生も引退後のセルジェイ・ロタールについては知らなかった。

犯罪者の名前を使わせることに、紗由は申しわけない気持ちになっていたが、別にそんな男のことはどうでもよかった。ただ名前の響きはなんとなく気に入っていた。

「さあ、パスカル、ミシェル、散歩に行こうか」

「うん、パパ、見て見て」

部屋から飛び出してきたパスカルの姿を見て、セルジェイは眉をひそめた。闘牛士の衣装を身につけていたのだ。

「どうしたんだ、その格好は」

「ちびっこ闘牛大会に出たいって言ったら、さゆにいちゃんが作ってくれたの。似合う？」

「あ、ああ、可愛いが。パスカルは闘牛士になりたいのか？」

「うん、パパみたいにかっこよくなりたいんだー。ミシェルもなりたいんだよ」

「ミシェルも？」

ミシェルは普通のシャツと半ズボン姿で部屋から出てきた。

「うん、元気になったら」

「そうか」

「ミシェルもパパみたいになりたいんだ」

「あっ、パスカル、帽子忘れた」

「ミシェルも忘れた。とってくるね」

「ああ、とってこい。パパは玄関で待っているから」

ゆっくりと片方の手で杖をつき、セルジェイは玄関にむかった。

ちょうどいいサイズのスニーカーがないので、今は観光客が忘れたというビーチサンダルを履いている。歩きにくいが、まあ、子供との散歩なら何とかなるだろう。

「……っ」

少し歩くと、うっすらと膝がきしむ。松葉杖がないとうまく歩けない。

この膝の痛みは、最近の怪我が原因ではない。いわゆる古傷ってやつらしい。それが今回の事故かなにかでぶつけ、悪化してしまった可能性があるとのことだった。

他にも腹部や腿に縫い傷がある。どこで怪我をしたのかわからないが、カロリーヌ先生の話では、傷によって経年に違いがあるらしい。

つまり自分はどこかで何度も何度も大怪我をし、手術をしたり縫ったり貼ったりをしていたのだ。

戦争に行っていたのか、あるいは格闘技でもしていたのか。

だが、フランスの病院のデータにはそのような記録は今のところ見当たらないとかで、どこか別の国で怪我をしたのかもしれないと説明された。

――わけがわからない。俺は何者なんだ。

名前も年齢もこれまでなにをしてきたのか。よくわからない。

まったくなにも思い出せないのだ。言葉もわかるし、テレビに出てくるタレントの名前も映画のタイトルもわかる。

自分に関すること以外はすべて把握しているのに、自分のことだけまったくといっていいほど思い出せないのだ。

誰か自分を探している人がいるわけでもない。今のところ、病院からも警察からもそういった連絡はない。

身元を証明する所持品も持っていなかった。

泥棒にでもあったのだろうか。それすらもわからない。

かといって、わからないことが不安というわけでもない。記憶をさぐろうとしたとたん、不安定な場所にいるような、迷路をさまよっているような感覚におちいるが、むしろこのままで良いという気持ちにすらなっている。

かわいい双子のパパによく似ているらしいが、いっそ本物の父親だったらいいのにという思いが胸をよぎる。

彼らの母親がどんな女性なのかはよくわからないが、三人を見ていると、きっととても素敵な女性だったに違いない。

何より紗由がとても魅力的だ。天使のようだというと、大げさかもしれないが、清らかで無垢で真面目で愛らしい。あれが自分の妻で、双子がふたりの間にできた子供だったらとても楽しいのにと思ってしまう。

——叶うならこのままずっとここで暮らしてもいい。

多分俺はあの紗由という少年に惹かれているのだ。

だから一昨日、ヤニック神父という男と話をしている紗由を見て苛立ちを感じた。

紗由は全然興味がなさそうだったが、あの神父は飢えた野獣のような目で紗由を見ていた。あの男が次に紗由に迫っているところを見たら、ボコボコに殴ってしまいそうな気がする。想像しただけで腹の底が熱くなってしまう。

そんなことを考えながら、セルジェイは自分の手についた傷跡に視線をむけた。

この手だけではない、体のあちこちに傷のあとがある。もしかすると、記憶を失う前の自分は凶暴な性格だったのかもしれない。

「パパ、お散歩行こうよー」

「行こうよー」

双子たちが帽子をかぶって外に出てきたそのとき、車のエンジン音が聞こえてきた。見れば、牧場の入り口から一台の大型車がこちらにむかってくる。

「あっ、シモンおじさんだ」

玄関の庇の下で双子の手をとろうとすると、パスカルがひとりごとのように呟く。

「シモン？　ああ、紗由の遠縁の……」

太陽の光を反射しながらやってきた濃紺色の大型のドイツ車。家の前に停まり、後部座席からすらりとした長身の男がでてきた。

「話がある。きみが紗由が連れてきた記憶喪失の男だな」

セルジェイは逆光に目を細めた。焦茶色の髪にサングラスをかけた、金持ちそうな男性だ。三十代後半くらいか。

「ええ」

日陰から出てきたセルジェイの姿を見るなり、彼はサングラスをとり、はっと大きく目を見ひらいた。灰褐色の双眸がふるえている。

「ま……まさか、マエストロ……セルジェイ・ロタール・デ・モルドバか」

いきなり強い力で両腕をつかまれ、セルジェイは眉間を寄せた。

「あの……」

とまどっているセルジェイをまじまじと見つめたあと、手を離し、「すまなかった、似ているとは聞いていたが、ここまでとは」と彼は肩を落とした。

「私は、紗由の遠縁のシモン・カステルという、この牧場のオーナーだ。紗由がセルジェイ・ロタールによく似た負傷した男を連れてきたと聞いたので、きてみたのだが」

近くで見ると、もう少し若い。三十代半ばくらいに見えた。じっとセルジェイを見つめるシモンの目に涙が溜まっている。そういえば、闘牛士のセルジェイはシモンの推しだったと紗由が話していたのを思い出した。

「やはり似ている。本物かと思ったよ」

ポケットからハンカチを出して涙をぬぐうと、シモンは気をとりなおしたように微笑した。

「だが、こうしていると纏っている空気が違う」

「親しかったのか？」

「いや、親しくはない。ただ何度か会ったことはある。最後は、今から三年ちょっと前、この近くのアルルで彼が正闘牛士に昇格したときに」

だとすると、あのポスターが描かれたときか。

「私の夢は、彼にうちの牧場で育てた牛と闘ってもらうことだった。ああ、それにしても本当によく似ている」

「みんなから、似ている似ていると言われるが、そんなに？」

「そうだな、もし彼が生きていたらきっときみのような青年になっていただろう」

「死んだのか？」

「薬物中毒で入院したが、そこで謎の死を遂げたという話だ。だから一瞬、幽霊が現れたのかと思ったよ……」

「そんな情報はネットには……」

セルジェイは眉をひそめた。

「ネットの情報が真実だとは限らない。業界のトップシークレットだ。もちろん紗由が知るはずもない。闘牛どころか、彼は世間のことなんてなにも知らない。学校も行ってないし、友達もいない。彼にとってはこの場所と双子がすべてなんだ」

「学校にも？」

「ああ、ちょっとだけ施設にいた時期もあったが、まともな教育を受けたことがないんだよ」

たしかに変なところがあるとは思っていた。ゴッホのこともモルドバという国があることも知らなかったし、すぐ近くにあるのにアルルにも行ったことがないと言っていた。

「どうして」

「昨年までまともに目が見えていなかったからね。この近くに、そうした子供に対応できるような施設もないし」

「目が見えてなかったって……」

驚いた。何て優しそうで美しい目をしているのかと思っていたが、まさか最近まで見えていなかったとは。

「幼いとき、難病で入退院をくり返していて……薬の副作用かなにかで視力が弱ってしまって、昨年までは輪郭くらいしかはっきりとわからなかったそうだ」

そんな苦労があったふうには感じられなかったが。

「しかも色彩も認識できなかったらしい。母親のエヴァが亡くなり、彼女の角膜を移植したおかげで今のように見えるようになったようだが……そのせいで学校も行ってなかったし、この狭い地域の外に出たこともない」

そんなことがあったのか。

——だから彼はあんなに……。

何の穢れもない無垢な赤ん坊のようなところがある。

彼と一緒にいると、体内が浄化されるような心地よさを感じてずっと触れていたいという気持ちになってしまう。

「エヴァが亡くなったときは大変だった。飲酒運転での交通事故死。ぶつかった相手は重傷。紗由は、ミシェルの入院費だけでなく、月々その治療費も仕送りしている」

「なぜ援助しない、親戚だろう」

「これでもけっこう援助しているんだよ。彼が角膜の移植手術を受けている間、私のところの使用人が双子たちの面倒を見ていたし、アイスクリームの製造だって、うちのレストランのグラシエが監修しているから可能なんだよ」

シモンは大きく息をついた。

「ただ、あの子はあれでけっこう自立心が強くてね、よほどのことがないかぎりはうちを頼ろうとはしないんだよ。自分の手で何とか双子たちを育てようとしている」

「だからといって、どうして彼らをこんな場所に住まわせているんだ？　牧場の真ん中にポッッとあるような番小屋に」

「エヴァ……紗由の母親に問題があってね。詐欺や盗みはするわ、男はつれこむわで、客商売をしている以上、どうしても近くには置いておけなくてね」

それは確かにその通りだ。紗由たちの姿を見て、いい母親かと思っていたが、いわゆる毒親だったのか。

「私の妻やペンションの支配人から、ここに住まわせるのもやめてほしいと言われ続けていたんだが、さすがに視覚障害のある紗由や心臓の悪いミシェルを放り出すことはできなくて」

「精一杯の善意というわけか」

嫌味の一つでも言ってやりたい気分だった。そのエヴァという女はもういないんだし、親戚ならもう少し親切にしてもいいものを。

「まあ、そのことはいい。それよりも他人の空似かもしれないが、双子たちがセルジェイだと思っているのなら、ここにいる間はセルジェイのふりをしてくれ」

「あんたに言われなくてもそのつもりだ」

「よかった、私にとっても夢のようで楽しい」

シモンはこちらをしみじみと見た。

「あんたの推しではなく、ただのそっくりさんだぞ」

「いいんだよ、それでも。セルジェイは私のヒーローだったんだよ。その彼がここにいる——というのが、たとえ真実でなくても、気持ちだけでもうれしいものだ」

変わった男だ。思わずふっと鼻先で笑ってしまった。

「好きだったのか？」

「好き？　そんな簡単なモノじゃない。セルジェイ・ロタールは私にとって神々しく、そして神聖な存在だ」

シモンはどこか別の世界でも見ているような目をしていた。

「推しという言葉や贔屓という言葉でかたづけられないいんだよ。神だ」

キモいやつ……と口にするつもりはなかったけれど、ちょっとばかり異様な空気を感じてきて、セルジェイは知らず知らず後ろに一歩足を引いていた。

「また今度、彼の動画でも見せてやるよ。きみは、とりあえずミシェルの手術まで、みんなを支えてやってくれ。なにか困ったことがあればこれで私に連絡を。私のWhatsAppのアドレスが登録してある。そこにメッセージでも電話でも」

シモンはスマートフォンをとりだしてセルジェイに手わたした。

「わかった、なにかあったときは使わせてもらう」

「あ、あとで靴を届けるよ。そんな草履では不便だろう。スニーカーと革靴と、あとサンダルもあったほうがいいか。サイズは？」

「それは助かる。多分、42だ」

「なんと。セルジェイと同じか。よし、最高級のを届けるよ」

そう言うと、シモンという男は迎えにきた車に乗ってどこかに消えた。

最高級なんてどうでもいいが、くれるというならいただこうと思った。

――そうだ、紗由にも。あとで足のサイズを確認しておこう。

それにしても不思議な男だと思った。

神聖な存在……ヒーロー。

好きというような簡単なモノではないというのはどういう意味なのか。何となくだが、シモンにとっての「闘牛士のセルジェイ」は、ある種のカリスマ、宗教の教祖的な存在のように感じた。

「さあ、パスカル、ミシェル、行くぞ」

車が去ったあと、セルジェイは双子を連れて牧場にむかった。

健康なパスカルとちがって、ミシェルはそんなに長い間起きあがっていられないので、足の悪いセルジェイにとってはちょうどよかった。

「パパ、ミシェル、見て、フラミンゴがいっぱいだよ」

パスカルが声をかけてくる。

パパと呼ばれて悪い気はしない。だが、違和感がないわけではない。きっと呼ばれたことはないだろう。呼んだこともないような気がする。

――多分……俺に父親はいない……。

何となくそれだけはわかる。

だが、だからといってそれ以上のことは思い出せない。

たまに、一瞬、なにかわかりそうになってはっとすることもある。だがそうしたときに記憶のかけらを探ろうとしてもソファのシートの隙間に落ちたコインを取ろうとするときのように、届きそうで届かない感覚を抱き、むしゃくしゃした気持ちになる。

なにか見えそうになるときもあるけれど、それもソファに落ちたコインと同じ。指が届いたと思うと、コインがさらに奥に沈んでいってしまうように、見えそうな「なにか」が記憶の底へと遠ざかっていく。

そして、俺は何者なのか――と脳のなかで自分に問いかけると、また迷路だったり夜の海だったりに放り出されたみたいな不安定な感覚に包まれる。

「……まあ、いいか」

息をつき、セルジェイは広大な湿原を見わたした。その奥のほうにある湖にフラミンゴが降り立っている。

あの湖の入江で倒れていたらしいが、自分はそこでなにをしていたのだろう。

湖の手前にはラヴェンダーの花畑。ずっと昔に見たような気もするが、今まで自分がどこでなにをしていたのかまったく思い出せず、セルジェイはミシェルとベンチに座り、目の前で遊んでいるパスカルの姿を追った。

「パパ、闘牛士なんだよね。闘牛しないの？」

ミシェルが不思議そうに問いかけてくる。

「……怪我をしているからな」

一応、言い訳をしておく。いきなりやれと言われても、どうやってすればいいかわからない。素人が簡単にできるものではない。だが、多分、彼の手術までに怪我が治ることはない。彼らのまえで闘牛のパフォーマンスができなくても問題はないだろう。

「怪我、早く治るといいね」

「ああ」

「ミシェルの手術と競争だね」

「そうだな」

湖のかたわらに広がる牧草地には、白い馬が放牧されているエリアと黒い牡牛が放牧されているエリアがある。

パスカルは黒い牡牛のいるエリアの柵のところまでいき、ふりかえった。柵には、だれかが使っているのか、闘牛用の赤い布がかけられていた。

「ねえ、パパ、すごい闘牛士なんだよね。しないの？」

パスカルからも同じ質問をされた。

「今は足が悪いから」

ちょうどいい言い訳があってよかった。

「そっかー。じゃあ、元気になったらやってね」

「ああ、怪我が治ったら」

永遠に治らない、だからできない……で済ませよう。

それにしても、シモンといい双子たちといい、どうしてそんなにも「闘牛士のセルジェイ」を崇拝しているのか、今ひとつ理解できない。

ヒーローに憧れるという感覚がどうも自分にはないらしい。

――そういえば紗由も憧れていた……と言っていた。

紗由の場合は、シモンや双子たちと違って、単にポスターを見るのが好きだという程度のようだが、それも自分には理解不可能だ。

一応、おしゃれなデザインのポスターだ、ゴッホ風だと褒めておいたが、実際はそんなふうには感じなかった。

あんなキラキラとした衣装を身につけ、この男は恥ずかしくないのかと内心では思っていた。

——俺には無理だな。百億ユーロ積まれたところで、あんな衣装、着たくないし、太陽が照りつけるさなかに公衆の面前で、牛を相手に布をひらひらさせるようなパフォーマンスなんて、わざわざやろうとするやつの気がしれない。

今の時代に、リアルグラディエーターかよ。古代ローマでもないのに、牛を相手にしたエンタメに命をかけるなんてバカバカしい。

そんなふうに思ってしまうところこそ、自分が本物のセルジェイではないという証拠だろう。本物なら、たとえ記憶がなくなったとしてもこんなふうに思わないだろう。

——あのポスターの男、マジで好きになれねーな。

背中や腰のラインを強調させ、「オレさまのこの美しい肉体を見せつけてやる」といわんばかりの、自慢たらたらのポーズも、闘牛に興味のない人間からすれば、ただのいやらしい自己顕示欲の塊にしか見えなかった。

それを男たちが寄ってたかって神のように崇めたりして、はっきり言ってキモいだけだぞ——という本音を、紗由や双子たちに告げる気はないが。

などと、セルジェイが心のなかでポスターの男をディスっていると、パスカルがくいくいと袖をひっぱってきた。

「そうだ、パパ、怪我していても、教えること、できるよね」

「え……」

「フランスにはね、牛の前をポーンと飛ぶ闘牛と、スペインと同じ闘牛があるんだけど、パスカルはね、スペインと同じ闘牛がしたいんだ。パパみたいに。だから教えて」

パスカルは柵をもぐろうとした。

「パスカル、やめるんだ」

パスカルが草原に入っていく。

「ミシェル、ここにいてくれ。動くんじゃないぞ」

ミシェルを日陰のベンチに座らせ、足をひきずりながらセルジェイは柵に近づいた。

視線の先には大草原。

そこに何十という牛が放たれている。ノーブルブラックとでもいうのか、とても美しい艶やかな黒い牛だ。

まだ午前中ということもあり、さわやかな朝の風を浴びながら、草原の上では多くの牛たちが自由に野を駆けまわっている。

「なにをやってるんだ、パスカル、そんなところに入ったら危険だぞ」

セルジェイは柵の中に立つパスカルに声をあげた。

「そこにいて、パパ。子牛だから大丈夫、教えて」

パスカルは牡牛の群れのいる牧草地のなかに進んでいった。

「子牛といっても、百キロはあるはずだ。おまえにはまだ早い」

「大丈夫だよ、これまでも遊んだことあるから」

湿原の風がはげしくセルジェイのほおを打つ。松葉杖を捨て、セルジェイは柵をつかんだ。

「パスカル、やめるんだ！」

「パパ、見てて。一度だけ、一度だけやってみるから、これであっているかどうか見てほしいの。もし違っていたら、どうすればいいか教えて」

「パスカルっ」

「さゆにいちゃんには、内緒だよ。パパとパスカルの秘密」

パスカルに気づき、仔牛がくるっとふりむき、唸り声をあげる。

草原を駆けぬける風、牛の咆哮……。

セルジェイの鼓動が脈打つ。

――何だろう、この感覚は。

なにか思い出せそうな気がするが、また目の前にシャッターが降りてきて、心の視界をふさごうとしてしまう。

そのむこうになにかある。

それはわかる。けれどそれを考えている余裕はない。

今はなによりも早くパスカルを止めなければ。あの子になにかあったら。紗由の不在の間は自分が面倒を見ると約束したのだから。

「パスカルっ」

パスカルが手すりにかけてあった赤い布を手に取る。だが、子供には重すぎるのだろう。そのまま布と一緒に地面に倒れこんでしまう。

「だからやめろと言ってるじゃないか、戻ってこい」

無性に腹が立っていた。

ダメだと言っても無理をしようとするパスカルにやりきれなさを感じる。

どうして大人の注意が聞けないのか。わがままな子供というやつはどうしようもない。本当に腹がたつ。

まったく、どいつもこいつも、あんなキンキラ衣装野郎に傾倒して。なにが推しだ、なにが神だ、いい加減にしろ。

「さあ、パスカル、早く」

いまいましい気持ちになりながらセルジェイは柵の向こうに手を伸ばした。

しかしパスカルは首を左右に振る。

「う……いやだ……やるっ」

「そーだよ、しっかりして、パスカル」

ミシェルが柵に手をかけて声をかける。

「うん、がんばる」

「そーだよ。がんばってね。ミシェルの分も」

パスカルは「大丈夫」と笑顔で言うと引きずるようにして布を持ちあげ、それを揺らして小さな牛を呼ぼうとする。

「ミシェルの分もがんばる。パスカル、パパみたいになるから」

「うん、パパみたいになって。天国のママが喜ぶよ。さゆにいちゃんもきっと」

パパみたいに――――。

その言葉に、セルジェイは眉をひそめた。

そうか、このふたりはシモンとは違う。

このふたりにとっての「セルジェイ」はカリスマでも教祖さまでも神でもない。

自分たちの夢、未来への希望なのだろう。そう、かっこいいヒーローが自分たちのパパであるということに誇りを感じているだけなのだ。

まずしい暮らし。母親は亡くなり、年若い兄が必死になって働いて家計を支えている。小さな家でさみしい毎日。双子の弟は体が弱くて入退院を繰り返している。

そんな彼らにとって、かっこいいヒーローがパパだというのは生きる支えであり、この先の人生の希望のようなものなのだ。

「パパ、これでいい？」

問いかけてくるパスカルに、セルジェイは答えた。

「ダメだ、右手でそっと摑んで、ムレータをはためかせて牛を呼ぶんだ。動くな、そんなやり方ではダメだ」

思わず出てきた自分の言葉に、セルジェイははっとする。

ダメだ、早くそこから出ろ――――と言うつもりだったのに、どうして自分はこんな言葉を口にしているのか。

「これを揺らすの？」

「違う、そうじゃない、もっと手を伸ばしてムレータを固定させて」

ムレータ？

俺はなにを言っているんだ。

あの赤い布のことか？　それに固定させるって何のことだ？　手を伸ばす？　どうしてそんな単語が次々と自分のなかから出てくるのか。

「どうしたらいいの？　布を揺らすの？」

パスカルの問いにハッとする。

「いや、違う、今のは忘れろ。パスカル、ダメだ、子供にはまだ早い」

セルジェイはサンダルを脱ぎ、裸足になって柵のなかに入っていった。足の裏にひんやりとした草の感触が伝わる。

じり、じり……と黒い牡牛が近づき、こちらにむかって猛々しい咆哮をあげる。子牛ではない。若年の牛だ。人間でいえば十五、六歳といったところか。

パスカルは布を揺らして牛を呼ぼうとしているが、あのサイズの牛にぶつかられたら、ひとたまりもないだろう。

「パスカル、危険だ、やめるんだ、やめろ」

足を引きずりながらもとっさにパスカルをかばうように牡牛の前に立つ。

目の前には、セルジェイの太ももの高さくらいの牛がたたずんでいる。正面から見ると、ずいぶん大きい。

朝の太陽の光に照らされ、そこにたたずむ牛の姿は夢のように美しかった。

どこからともなく虫の音や鳥の鳴き声が聞こえ、草原の上をさっそうと湿原からの風が吹きぬけていく。

『セルジェイ、おまえは神に選ばれた男だ、神に選ばれたマタドールだ』

一瞬、なにか頭の奥から聞こえてくるような気がした。

――なんなんだ、この感覚は。

そのとき、頭の中でだれかの声が響いた。子供のとき、そう、だれかが自分に言ったのだ。

『セルジェイ、牛は動くものに突進する習性を持っている。布が赤いから突進してくるんじゃない。身体を動かさずに布を動かすだけでいいんだ。だからいつも牛の真正面に立つんだ。牛の目は横に開いているからな、真正面に立てば、ちょうど死角に立つことになる。背筋と手をのばし、腰の位置で布を揺するんだ』

これは誰だ。誰の言葉なんだ。

――どうして俺はこんな言葉を知っているのか。

脳裏をよぎった言葉を思いだし、草原の上をセルジェイは進んでみる。

この赤い布。

手にした記憶がある。手が覚えている。

セルジェイはぎゅっと強く手につかんだ。

俺はなにものなのか。俺は闘牛士だったのか。それをここで冷静にさぐっている余裕はない。今はただ本能のままにこの場を切りぬけるしかない。

風に飛ばないようにつかみ、牛をおびきよせる。

布を軽く揺らした瞬間、牛が頭を下げて猛然と自分にむかって突進してきた。

セルジェイは草を踏みしめ、赤い布を前に出した。

牛が腿の脇ぎりぎりのところを通り過ぎ、駆けぬけていく。ふりかえると、また牛がこっちに突進してくる。

セルジェイは同じように布を使って、牛を走らせた。

風が舞いあがり、黒い塊が自分の身体の脇ぎりぎりのところを疾走していく感覚に、セルジェイは胸が狂おしくなっていくのを感じた。

何だ、この愛しさは。

どうしようもないほどの心地よさ。魂が解放されたような喜び。もっとこうしたい、もっとこうしたほうが牛と一体になれる。

そう思って布を揺らそうとするのだが、怪我をした身体がついていかない。

「う……っ」

右足がぐらつきそうになり、転がらないようにするのに必死だったが、パスカルが感動して拍手をしている。

「すごい、パパ、すごい、やっぱり闘牛士だったんだ」

パスカルがうれしそうにセルジェイに飛びついてきた瞬間、背後から巨大な牛が突進してくる気配を感じた。

若い牛ではない。巨大な大人の牡牛が近くまでやってきていた。

「ダメだ、パスカル、動くな！」

すばやくセルジェイはパスカルを胸に抱きあげる。このサイズだと、パスカルどころかセルジェイですらひとたまりもないだろう。

しかしそこに牛がやってくる。セルジェイは布を揺らしてすんでのところで牛をかわした。

だが、牛はふりむき、またこちらにむかってこようと、前足で大地を蹴っていた。

子牛とは違う。

セルジェイの胸くらいの高さがあり、大きく張り出したツノのある黒い牛だ。

——このツノ……横に大きく伸びてる。しかも尖っている。危険だ。

しかも筋肉がしっかりとついていて、足腰がとてつもなく強い。気性も荒々しい。

どうしてそんなことがわかるのかがわからないが、本能的にそう感じていた。

「怖い、パパ、怖いよ」

パスカルがしがみついてくる。ガタガタふるえているのが腕に伝わってきた。

牡牛がいななく。

「安心しろ。俺が助けてやる」

片手で彼を抱きながら、赤い布を反対側の手で前につきだす。

「……っ」

知っている。この感覚、やはり体が覚えている。何だろう、一瞬にしていろんなものが一気に脳裏を駆け抜けていくのを感じ、セルジェイは息を殺した。

——見える……そう、季節は九月、あれは秋の闘牛祭だ。

プルメリアの花が赤い影を作っている。

アルルの旧市街の狭苦しい路地に夏の終わりの強烈な太陽の濃い影がくっきりと伸び、濃密な花の香りが甘く香っていた。

時間は正午前のことだ。

プロヴァンス特有のテラコッタ瓦の屋根、中世の面影の残る古い街並み。

街は民族衣装の女性や、白い上下に赤いスカーフという祭のスタイルをした地元民でひしめきあい、あちこちからブラスバンドの奏でるパソドブレが人々の気分を盛りあげていた。

旧市街の中心にそびえたつ古代円形闘技場。

その日の午前中、そこで子供むけの闘牛大会が行われた。

子供むけということで木製の防壁が作られた小さな闘牛場になっていた。観覧席は民族衣装を身につけた地元の人々でいっぱいだった。

アルルの古代円形闘技場の、客席の下をつらぬく通路には陽がとどかないのでひんやりとした空気が滞留している。

その片隅にまだ十二歳の少年だった自分がいる。

周囲には、同じような格好をした男の子たちが十人ほど。自分以外の男たちは楽しそうに周りの仲間たちとおしゃべりをしている。

彼らはスラム出身の自分と違って、有名な闘牛士の息子だったり、牧場主の親戚だったりした。

真夏、街の公園の水道から出てくる水のような、中途半端な生ぬるさを感じて仲間に入るのが嫌だった。

――なんだ、こいつら、ここは真剣に命をかける場所だぞ、学校の遊びじゃないのに、どんなときでも死ぬ覚悟でやれよ。

薄暗い待機所でうつむき、大人のように胸で十字を切ったあと、黒地に赤紫色で刺繍されたケープをつかみ、ふわりとマントをはおるように肩にかけた。

頭には子供用の黒い闘牛帽。うつむき、気持ちを整えたあと、すぅっと闘牛場に視線をむけた。けれどその目は闘牛場を見ていない。

あそこにない。もっとどこか遠いところにいる。

ずっと遠く、神聖な場所まで。

真っ暗な通路から一歩踏みだすと、カッとまばゆい太陽の光が目を灼く。

光と影――soleil et ombre。

二千年前から、ここにたたずんでいる古代円形闘技場の、楕円形になった白いグラウンドを縦に割るように、光と影の境界線がくっきりと刻まれている。

その日なたの上に、一歩踏みだす。

ゲートがひらき、黒い牡牛がやってくる。

二百キロの子牛だった。彼の背の高さほどの大きさだった。

誰よりも上手くやってやる。彼はそう決意し、布を揺らした。

そのとき、客席に絶叫がひびきわたった。

一瞬、なにが起きたのかわからない。

気づけば、うつぶせに倒れた彼にむかって牡牛が突進していく。

大きく張りだした角に軽々とすくいあげられた彼の身体は弧を描いて宙を舞い、今度は仰むけにな
って地面に落ちていった。

助けだそうとする人々。しかし、彼は言う。

『やる』

彼が立ちあがると闘牛場がシンとしずまる。

まだ子供なのに、この子は本物だ——と客たちの心の声が聞こえてくる気がした。

『死ぬまでやる』

彼は不敵な笑みを浮かべ、空を見あげた。

闘牛場に刻まれた光と影の境界線。その上に立って見あげると、青い空が丸く切り取られたように
見える。

そこから降り注いでくる太陽。その光を浴びていると、気持ちがおちついてくる。そして目の前に
いる牛やここにいる自分にどうしようもない愛しさが湧いてくる。

ここに俺の居場所がある。ここが俺の場所だ。

そんな思いにとりつかれ、赤い布を前につきだし、牛を呼び寄せる。

こうして生きていく。ここで。

そうして怪我をしながらも最後までやりとげたあと、待機所にもどった彼の元に、大人の闘牛士た
ちがやってきてほほえんだ。

『……いい目をしている』

いい目？

彼が小首をかしげると、二人の闘牛士が視線を交わす。

『この子供……いい闘牛士になると思わないか？したたかで狡猾そうで』

『ああ、それに容姿もいい』

すると二人の闘牛士の間から、ひとりの男が現れた。

逆光になっていて姿がはっきりと見えない。長身の男だった。葉巻の香りがする。上等そうな金色の時計が陽射しを反射してきらりとひかる。

男が彼の手をとり、口元に笑みをきざむのがわかった。

『ついてこい、死ぬ覚悟があるなら本物にしてやるぞ』


——死ぬ覚悟があるなら本物に？

その言葉が耳の奥で鳴り響いている。

だれに死ぬ覚悟ができているというのか——？

あれは何なのか。記憶をなくす前に見たものなのか。

九月のアルル、少年が牛と闘っていた光景、それから『死ぬ覚悟はあるか』と訊かれたときのことが一瞬にしてセルジェイの頭をかけめぐっていった。

——これは……失われた記憶なのか？　俺の……。

だが、幻影のようなものが脳裏をよぎったのはほんの刹那のことだった。

「セルジェイさんっ！」

突然、耳に飛びこんできた紗由の声に、セルジェイは夢から覚めたようにハッとした。

腕のなかではパスカルが牛を怖がってセルジェイにしがみついている。視界の端で蒼白な顔をした紗由が柵のむこうからやってくるのが見えた。

——俺は……なにを見ていたんだ。

すぐに意識が現実へともどっていく。

そうだ、ここは九月のアルルではない。

闘牛場でもない。牧場だ。そしてここにいるのは、少年でもなく、記憶を失った男——自分で自分のことがわからない俺だ。

「セルジェイさん、危ないです、早くパスカルをこっちに」

紗由が柵から手を伸ばしてくる。そのとき、牛が紗由に気づいた。

十分な塀の高さがあるとはいえ、獰猛な牛は興奮がマックスになるとこのくらいの塀を飛び越えてしまうこともある。

どうしてそんなことがわかるのかその理由を分せきしている余裕はない。ただ、なぜか牡牛の生態のようなものを把握している自分がいた。

「静かに、声を出すな、紗由」

「え……」

驚いている紗由に、セルジェイは不敵に微笑した。

「大丈夫だ、パスカルは俺が助ける」

艶やかな毛並みの黒々とした牛がセルジェイたちの周囲を駆け抜けていく。

この大きさの牛なら、どのくらいの足の速さか、どのくらいの勢いでやってくるのか、セルジェイは本能で計算していた。

牡牛の動きを見据えながら、セルジェイはじりじりと細い鉄製の柵までもどっていく。右腕にパスカルをかかえ、左手で布を揺らして、牛の意識をそちらにひきつけながら。

杖がないので右足のバランスがとれない。少しでもズレると膝がよろめいてしまいそうだ。けれど不思議と気持ちはおだやかだった。

俺はできる、俺は本物だ……内側からの自分の声に、わけもなく背筋が心地よく震えた。

「紗由、パスカルを抱き止められるか？」

「え……ええ」

「パスカル、いいか、三秒後に紗由に飛びつくんだ」

「う、うん」

「いくぞ」

柵のむこうから手を伸ばしている紗由に、セルジェイはパスカルを投げるような形でわたした。パスカルの金髪が風に揺れ、小さな体を紗由がすっぽりと胸で受け止める。

それを確認した次の瞬間、黒い牡牛がセルジェイに突進してきた。地鳴りがする。蹄が草むらを踏み締める音が響く。

セルジェイの予想を裏切って、動きが早かった。

額の端から異様に張りだした二本の白い角、きらりと太陽の光を尖端が反射させたかと思うと、鉛のような重さを感じさせる巨体が猛スピードでこちらにむかってきた。

「――――っ！」

セルジェイは赤い布を使って牛を別の方向に走らせようとした。

手のひらに感じるずっしりとした赤い布の重み、風を受けながら、風圧を利用してゆらゆらとはためかせる感覚。不思議なほど体が記憶している。しかし右足に亀裂が走ったような痛みを感じ、一瞬、動きが遅れてしまった。

「パパっ！」

「う……っ！」

体に強い衝撃を感じる。セルジェイは牛にぶつかられ、草むらに倒れこんでいた。

4　セルジェイ――マルセイユの駅で

「パパっ！」

パスカルの甲高い声が牧場に響きわたったった瞬間、体に重い衝撃を感じ、そのまま草むらに倒れこみ、頭を強く打った。

それからどのくらい眠っていたのか。

目を閉じると、まぶたの裏を不思議な光景がよぎっていった。

場所は、しいんと時が止まったような、スペイン・アンダルシア地方の大地だ。

一斉に咲いたひまわりで地上全体が黄色に染まっている。

空には濃密な青。これ以上ないほどの青さだ。

真夏の陽に焼きつくされた地面で揺れているひまわり。その中央に立つ二人の男の影がくっきりと刻まれている。

『セルジェイ、どうしても私から離れるというのか』

低い男の声。深い怨念がこもったような、それでいてどこかとりすがってくるような声を風が運んでくる。

『仕方ない、これ以上、あんたとやっていても意味がない。時間の無駄だ』

冷たく切り捨てるような言葉が喉の奥から出てくる。くるりと男に背をむけたそのとき、腹部に重い痛みを感じた。

『……っ！』

声も出ない。深々と脇腹に刺さったナイフ。ボトボトと大きな音を立てて、黄色い花に血が滴り落ちていく。

『惨めだな、セルジェイ。ここがおまえの墓場だ、闘牛場ではなく、このひまわり畑が』

だれかの笑い声が響くなか、体から力が抜け、地面へと崩れ落ちていくことしかできない。ひざらしになったアンダルシアのひまわりのなかに埋もれていく。

ここが墓場……ここが俺の墓場だ——消えそうになる意識のなかでセルジェイはそんなふうに実感していた。

「————っ！」

一斉になく小鳥のさえずりが耳に響き、セルジェイははっと目をさました。まぶたを開けると、窓の外に広がる南フランスの青空が眼球を貫く。

アンダルシアとは違う。同じ濃密な青でも、もう少しやわらかくて優しい。

「……ここは」

寝室のベッドで横になっている。だれかが運んでくれたのか。

いや、ちがう。

牛に体当たりされ、地面で強く頭を打ったところまではっきりと覚えている。

気が遠くなりそうだったが、あのあと、ふらふらになりながらも紗由とともにパスカルとミシェルを部屋にもどした。

もう大丈夫だとホッとしたとたん、全身から力が抜け、セルジェイはベッドに倒れこんだのだ。

そのあとの記憶はない。

——痛い……頭がずきずきする。

半身を起こしたセルジェイは、寝室にパスカルとミシェルの姿がないことに不安を感じた。けれどキッチンから聞こえてきた彼らの声にほっと胸を撫で下ろす。

扉のむこうで、紗由がふたりと話をしている。

「あんなに言ったのに、どうして危険なことを」

「だってだって、闘牛、教えて欲しかったんだもん」

「パパは怪我をしてるんだよ」

「でもね、パパ、すっごく上手だったよ」

パスカルが言うと、ミシェルも言葉を口にした。

「うん、ミシェルも見てた。パパ、上手だった」

セルジェイは扉のすきまから彼らの様子をたしかめた。

「そうなの？」

驚いたように紗由が問いかけている。その横顔が見えた。

「うん」

「うん、そうだよ」

子供たちはふたりともニコニコしている。

「上手って？」

紗由が不思議そうに尋ねる。

「すごかったんだよー。やっぱりパパはヒーローだね」

「うん、ヒーローだね」

はしゃいだ様子のふたりに笑顔をむけながらも、紗由は困惑した様子だった。

「でもね、怪我をしているから、もう闘牛はダメだよ。パスカルも危険だから牛の柵の向こうに行っちゃダメだってあれほど言ったのに」

「ごめんなさい」

パスカルは泣き声だ。

「うん、反省したのなら、もういいから。泣かないで。さあ、お菓子を焼いたから食べて。今日はアーモンドケーキだよ」

「わあい」

「わーいわーい」

彼らの声を聞きながら、セルジェイは窓からの風に目を細めた。

さっき見た幻は何だったのか。闘牛士を目指している少年の姿、それから耳に聞こえてきた声、あれは自分の失われた記憶なのか？

だとしたら、俺は……。

「……」

セルジェイは湿原からの風に揺れる前髪をかきあげた。

広大なカマルグ湿原を、大勢のフラミンゴが飛んでいる。

プロヴァンス地方。アルルから地中海を一望できるサントマリードラメールの道筋にいくつもある牧場。馬と牛がメインだ。

「シモン・カステル牧場か……」

重々しい巨体なのに、思った以上に牡牛の足は速かった。

シモン・カステル牧場……耳に覚えがある。

そうだ、ここの牛は、厄介で有名だった。だれかがそんなことを言っていた。

『セルジェイ、ダメだ、シモン・カステル牧場の牛を相手にするのは。あそこの牛は難しい。足が重い、癖も強いし、一流の闘牛士は、みんな、避けたがる。ああいう厄介な牛《コリーダ・ドゥーラ》を相手にすると、たいてい失敗するものだ。あえてリスクを負うことはない』

だれだ、この声はだれだ。聞き覚えがある。

さっきの夢だ。

『惨めだな、セルジェイ。ここがおまえの墓場だ、闘牛場ではなく、このひまわり畑が』

夢のなかで笑っていた男の声と同じ。そうだ、さっき、夢のなかで響いていたあの声だ。いや、その前も聞こえていた。

『死ぬ覚悟があるなら本物にしてやるぞ』

『怖がるな、セルジェイ。牛は動くものに突進する習性を持っている。布が赤いから突進するんじゃない。身体を動かさずに布を動かすだけでいいんだ』

みんな、同じ声だ。

だれだ、だれが俺に語りかけているんだ。

目の前に落ちてきたシャッターを無理やりひらき、その先にある硬い地面に爪を立ててがりがりと掘って奥にあるものを引きずり出そうとするように、脳の内側にある記憶のひだを必死にこじ開けようと試みる。

掘って掘って、抉って抉って、ひらいてひらいて……。

「……っ」

足をひきずりながら寝室から出て、キッチンでケーキを食べている双子たちや紗由の横を通りぬけ、セルジェイは壁のポスターに手を伸ばす。

――俺は……セルジェイなのか？

俺がセルジェイ・ロタール・デ・モルドバでいいのか？

自分で自分に問いかけると、さっき、地面で打った後頭部がズキズキと痛み始めた。頭がひび割れていくようなむこうから、うっすらよみがえってくる映像がある。

やはりそうだ、これは俺だ、俺がセルジェイだ。

淡いもやがかかったモノトーンの世界の向こうから、映画のワンシーンにも似た場面がいくつもいくつも明滅していく。

そうしているうちにそれまで淡いモノクロームの輪郭しかなかったような記憶に少しずつ色がつき、くっきりとした形となっていった。

走馬灯のようなそれは本物の記憶なのか。

それとも幻影か？

最初に出てきたのは、パリのムーラン・ルージュの赤い風車小屋の光景だ。


『よしよし、よしよし、はいはい、おとなしくしてるのよー』

だれかがソファに座って赤ん坊のいるゆりかごを足先でつつきながら、携帯電話でメールを打っている。メイド服を着た年輩の女性だ。ベビーシッターだろう。

ゆりかごのなかにいる赤ん坊は、黒髪で黒い瞳をした彼女とはまったく似ていない。金髪で青い目をしている。

そこに赤ん坊と同じ髪の色、同じ目の色をした長身の女性が現れる。こちらが赤ん坊の母親だ。くっきりとアイラインを引き、紫色のシャドーを入れたまぶた、マゼンタピンクの唇、カラスの羽のようなまつ毛をつけた女性はほっそりとした背中に大きな白い羽を背負い、胸をあらわにしたドレスを身につけていた。

『もう終わりですか？　ショーは？』

ベビーシッターがはっと顔をあげ、携帯電話をポケットにしまう。つけまつ毛をとりながら、金髪女性は肩で大きく息をついた。

『クビになったの。もうこなくていいってさ。一人だけ下手すぎるって、客からクレームがあったそうよ』

足を組んで椅子に座り、タバコを灰皿の上で揺らしながら金髪の女性は不満げにつぶやいた。

『どうせコネで立たせてもらっている舞台よ』

彼女が自虐的に笑うと、タバコの先から灰も一緒に落ちていった。

——あれは……母さんだ。

セルジェイの母親は、旧ソビエトのひとつで、ヨーロッパ最大の貧困国といわれているモルドバ出身だった。不法移民だったはず。

フランス名とモルドバ名をくっつけた本名は、リュカ・セルジェイ・ロタールだ。だが、母以外フランス語名の「リュカ」と呼ぶものはいない。

母親はパリで娼婦をしていたころ、ロシア系のマフィアに気に入られ、愛人をしているうちにセルジェイを産んだ。

そのあと、偽造した身分証を使い、舞台でフレンチカンカンを踊っていたが、実力が足りなくて三か月でクビになったと話していた。

——これは俺の記憶か？　いや、この時期、まだ俺は赤ん坊だ。多分、母親から聞いた話を脳内で勝手に映像化したのだろう。

セルジェイはパリで生まれたので、モルドバの言葉は知らない。

その後、父親とトラブルがあってモンマルトルを離れ、しばらくブーローニュの森で立ちんぼをしていた。

だが、そこでもなにか問題があり、結局、パリにいられなくなってマルセイユにやってきて、低所得者層の住むスラムで暮らすようになったと話していた。

セルジェイが五歳のときだ。

マルセイユは観光客の集まる地域ではスリや強盗、車上荒らしに注意すればいいくらいだが、北側の治安の悪い一角では、盗み、売春、強盗、ヤクの売買、暴行、放火、殺人……ありとあらゆる犯罪が当たり前のように日常化していた。

饐えたにおいの充満する落書きだらけの薄汚い団地、破れた金網、パンクしたまま放置されている自転車、ゴミ用のコンテナからあふれたペットボトルやビール瓶があちこち散乱し、野良犬や野良猫が食べ物を漁っている。

それがセルジェイの世界だった。

生きるか死ぬか、食うか食われるか。

ここで娼婦の息子が生きていくには、犯罪組織の一員となるか、あるいはスポーツ選手になってこの掃き溜めから抜けだすか。

母が東欧系マフィアの娼館で働いていたのもあり、十歳になるまで、セルジェイも組織の一員としてスリをして働いていた。

駅にやってくる金持ちそうな観光客に狙いを定め、現金だけでなく、スマートフォンをかすめとる毎日。汚れたシャツに破れたジーンズ、ボロいスニーカーという、いかにもうさんくさそうな雰囲気をしていたので、よく警察に目をつけられた。けれど逃げ足が早かったのでヘマをやったことは一度もなかった。

だだっ広いサン・シャルル駅の構内。電車が到着するたび、大勢の旅行者がスーツケースを転がしながら構内を歩いていく。

観光案内所でホテルを予約している老夫婦、カフェで地図を広げているバックパッカー、駅ピアノを弾いている学生風の旅行者、アイスクリーム屋の前に並んでいる家族連れ……。

古い洗濯機のなかで乱雑に衣類が絡みあっていくみたいに、多種多様なひとたちが目の前を交差していた。

その日、ショーウィンドーの前のベンチに座り、セルジェイはカモを物色するのが面倒になり、ぼんやりと旅行者たちが行き交う姿を見ていた。

夕陽が眩しすぎたせいかもしれない。きらきらとした光を見ていると、裏の世界でスリをしている自分をとりまく闇に嫌気を感じてしまうのだ。

かたむきかけた夕暮れどきの陽射しを浴びた駅に、駅のアナウンスや笑い声や話し声がマーブルアイスのように混ざりあって飽和し、セルジェイの耳をかすめていく。

どうして自分はこんなことをしているのか。このまま中学生になったら、きっとヤクの売人にされるだろう。

掃き溜めでゴミのように生活し、埋もれたまま、貧しい不法移民の子として生きていくしかないのか。あまりにもバカバカしい人生じゃないか。

ふいに体のなかが空っぽになっていくような感覚に呑みこまれそうになったそのとき、ベンチのとなりの席に四十過ぎくらいの男性が腰を下ろした。

——この男……。

ずいぶんいい身なりをしている。上品そうな紳士だ。袖口から見える時計は、一目で高級だというのがわかるハイブランドのものだ。フルーツ系の香ばしい葉巻の匂いとスパイス系のコロンの香りとがふっと風に運ばれてくる。

男は指先でスマートフォンをいじり、動画でテレビ番組のようなものを見ようとしていた。どうしてもその放送が見たくてここに座ったらしい。食い入るように画面を見ている紳士の姿を横目で見ながら、セルジェイは口元に歪んだ笑みを浮かべた。

無防備だ。狙ってください、盗ってくださいといっているようにしか見えない。

ベンチから立ちあがるときに、さりげなくぶつかるふりをしてスマートフォンと時計をさっとかすめとって駅舎の外に出ればいい。

逃走ルートを考えながらチャンスをうかがっていると、男のスマートフォンから吹奏楽の演奏とざわざわとした人々の罵声のようなものが聞こえてきた。

——おいっ、おっさん、イヤホンくらいしろよ、音がまる聞こえだぞ。なに、見てるんだ、下手くそでスカスカの音楽、この罵声は何なんだ。

内心で舌打ちし、紳士のスマートフォンの画面を見ると、きらきらとした王子か騎士のようなコスプレをした男の姿があった。

赤い布をひらひらとさせながら、黒い牛を呼び寄せている。男がひろげた赤い布の横を牛が通り抜けていくたび、聞こえてくるのは「オーレ」「バモー」「トレロ」といった掛け声。罵声かと思ったが、興奮した観客の声援だった。

映画か、ドラマ？　だろうか――と見ているセルジェイの視線に気づき、紳士は「坊や、闘牛が好きなのか？」と問いかけてきた。

闘牛？

知らない、何なんだ、それは。

小首をかしげたセルジェイの肩をぐいっと引き寄せると、紳士は画面を見せながら闘牛の説明をしてくれた。

闘牛はスペインでは国技と言われていたもので、人間と牛とが闘うスペクタクルだ。スペインだけでなく、メキシコ、コロンビア、ベネズエラ、ペルー、エクアドルといった中南米をはじめ、ポルトガルや南フランスで行われている。

ただし最近では少しずつ開催地が減っている。今の若者は動物愛護を理由に反対しているものも多いからだ――と。

「このあたりでもやってる？」

「ああ。マルセイユではやってないが、すぐ近くのイストルという街でやってるよ」

「えっ、すぐ近くじゃないか」

「アルルやニームでは世界遺産の古代円形闘技場で行われている。ゴヤの時代の衣装を着て、無防備な姿で、布と剣だけで牛を相手にするんだ」

ああ、パリにいたときに母が踊っていたフレンチカンカンと似ていると思った。昔の衣装を着て、観客を喜ばせるショーという点で。

「金持ちになれる?」

「ああ。トップクラスになったら何億と稼げるぞ」

スマートフォンの画面では、赤い布を手にした長身の男が牛の鼻先で布を揺らしている。

「サッカーとどっちが?」

「そりゃサッカーだろうな」

「何だ」

「だが、芸術だぞ。成功すれば大豪邸で暮らせる。ただし、失敗すれば待っているのは喪服だ。成功しても失敗しても楽園はない」

「え……」

「それが闘牛士ってもんだ。生と死をかけた世界にたったひとつの最高の芸術だよ」

紳士がドヤ顔で言ったとき、画面のなかでは牛が闘牛士にドンとぶつかっていった。

「あ……っ!」

闘牛士の体が吹き飛び、地面へと倒れこむ。

セルジェイは思わず身を乗りだして画面を見入った。

闘牛士に牛が突進し、白い角で何度も攻撃を加えていく。

それはほんの十数秒ほどのことだったが、ずいぶん長く感じられた。やがてぐったりとした闘牛士が担架で運ばれていく。

そのまま終わるのかと思ったが、そのすぐあとに別の闘牛士が現れ、観客たちが拍手でむかえ、なにも変わらない様子で闘牛が行われた。

今度の闘牛士は優雅なダンスのような動きで、牛をマリオネットのように翻弄し、あやつっている人形使いのように見えた。

怪我をしても中止はないんだと感心していると、紳士は「こいつが死んでも中止はない」と教えてくれた。

死んでも関係ないのか。

何というクールさ。容赦がない。その感じが心地よくて、セルジェイはまぶたを閉じ、今、見た闘牛の残像を記憶のなかでたしかめた。

牛にぶつかられ、地面に叩きつけられた男。その一方で華麗に舞いながら牛をマリオネットのように支配する男。

生と死をかけた世界にたったひとつの最高の芸術。勝てば大富豪になり、負ければ死ぬ。

頭のなかで反芻しているうちに胸の内側からじりじりと煽られ、心地よい熱風に炙られた気がして背筋が痺れるような快感に震えた。

「おっさん、あの、闘牛士って」

どうやったらなれるのか——と訊こうとして、セルジェイが目を開けるとベンチには誰の姿もなかった。

立ちあがってぐるりと周囲を見まわす。強烈な夕陽がガラス張りになった天窓から差しこみ、駅の床をオレンジ色に染め、行き交う人の影が揺れている。

今のは幻？　夢？

まさか死神ってことはねーよな？

——俺としたことが、こんなところで眠っていたのか？

そんなことはない、と首を左右に振ったセルジェイの鼻をスパイシーな葉巻の匂いが撫でていった。あの紳士の残り香だ。

その上等そうな香りが、今のは夢ではなかったと語りかける。

スマートフォンと時計を盗み損ねたことよりも、魔法にかけられてどこか秘境に飛ばされ、宝の島に隠された財宝を自分だけが発見したような、わくわくとした高揚感で胸がいっぱいになっていた。

その日、セルジェイはなにも盗まずに駅をあとにした。

——命がけ、生と死をかけた芸術……か。

闘牛士になりたい——その日を境にそんな思いにとりつかれるようになり、どうすればなれるのか、どこに学校があるのかなど、ひそかに調べるようになった。

このままだと中学生になったら、麻薬の密売人にされるのがオチだ。そのあとは典型的な悪の道コースを歩むしかない。

『闘牛士になりたい？　バカじゃない？』

母はタバコを咥えながらせせら笑った。

『あんなの、最近では二世ばかりって話で、コネがないとなれないよ。それより背が高いんだし、ジダンみたいなサッカー選手になんなさいよ。その気があるなら、ギャングが支援してくれるわよ』

ロシアマフィアの次は、フランスのギャングか。

『いやだ、闘牛士になる。こんなところで悪いやつらとつるむ気なんてねーから』

ギャングが支援するなんてごめんだ。だとしたら、どんなにがんばったって八百長の片棒を担がされ、手下として奉仕させられるだけだ。

『なに言ってんの、あんた、今さら裏社会からぬけだせると思ってんの？』

『俺はあんたとは違う』

『バカね、あんた、マフィアの子なのよ。しかも母親は不法移民で、あんたもどこにも登録もされていない闇の子。表社会で生きてくなんて、天地がひっくり返ったって無理だからね』

さすがにロナウドやメッシくらいになれば、裏社会と手を切ることはできるかもしれない。それでもサッカー選手になる気はなかった。

それにサッカーにはそこまで燃えなかった。仲間と一緒にボールのやりとりをするゲームは自己中で、気まぐれな自分の性には合わないだろう。

それよりも闘牛のほうが燃える。そのことに気づいた。

牡牛を相手に、金ピカの変な衣装を着て、布一枚を手にして闘技場に立つ。

生と死をかけ、牛を相手に闘う。しかもトップのフィグラというランクになれば、すさまじい年収を手に入れることができる。

一見すると、古くさくて、今ではカビが生えたような文化に思えるが、そのバカバカしさがセルジェイにはおもしろそうに思えたのだ。

生きるか死ぬかの舞台。成功すれば大富豪、負ければ死――という究極の、容赦のない感じが潔くて面白そうだった。

死ぬ必要もないのに、みずから死ぬかもしれない場所に行く。そんなことがどうしようもなくスリリングで楽しそうに感じられたのだ。

血が騒ぐのを感じ、セルジェイは十二歳になる前に家出し、電車に無賃乗車してマルセイユの近く――アルルの闘牛学校の門をたたいた。

そして闘牛学校に入りたいとたのんだのだ。

不法移民の子でパスポートも身分証もない、闇社会の子。家出してきたので帰る場所もないし、学費もはらえない。だが、命をかける自信はある。

「ダメだ、帰れ帰れ、闘牛は遊びじゃないんだぞ」

「そうだ。交通費くらいはやるから」

当然のように門前払いされそうになった。さあ、これで帰れ、とつきだされたユーロ紙幣をセルジェイは手のひらで押し返した。

「闘牛士になる。全部捨ててきた、絶対に帰らない」

しかし無情にも学校のスタッフ数人がセルジェイの腕をつかんで外に出し、門が冷たく閉ざされようとしたそのとき、奥のほうから「待て」とだれかが声をかけてきた。

数人のスタッフが道を開けると、白っぽいスーツを着た長身の男が現れた。

「おもしろそうな子供じゃないか、入れてやれ」

ふっと鼻先で揺れる葉巻のにおい、スパイシーなコロンの香り。見上げると、そこに上等そうな時計をした紳士の姿があった。

「あ……おっさん……あのときの」

マルセイユの駅でとなりに座っていた紳士だ。セルジェイに闘牛士になりたいという魔法をかけた男がそこにいた。

「一年分の学費を私が払おう。来年の九月の闘牛で見せてくれ、一年間の成果を」

彼は南フランスの闘牛学校にスカウトにきていたスペイン・アンダルシア地方の、ビセンテという牧場主だった。

一年後、アルルの闘牛場で子供大会に出たあと、養子となり、セルジェイはスペインのセビリャに行くことになった。彼の妻は、マルセイユの不良少年なんて家に入れたくない、裏社会との関わりが断ち切れていなかったらどうするのだと大反対し、セルジェイのことをずっと怖がり、娘とは対面させないように気をつけていた。

息子に恵まれなかったビセンテは、セルジェイを本物の闘牛士にするということに夢中になり、家庭内別居状態が続いていたが、それでも十六歳のとき、見習い闘牛士ノビジェロとしてデビューし、人気が出てくると、マスコミなどのインタビューで「私の息子」という形容詞をつけてセルジェイの話をするようになっていった。

やがて十七歳のとき、セルジェイは正闘牛士マタドールに昇格した。

「私の養子ということで、今日からスペイン人になるわけだが、せっかくだし、モルドバの最下層からのしあがってきた不良少年として売りだそう」

ビセンテがそう提案してきた。

そのほうが話題性があり、注目されるからという理由だった。

セルジェイ自身はフランス生まれのフランス育ちだが、母の国籍はモルドバのままだった。不法移民だったのもあり、セルジェイもモルドバ人ということになる。

ビセンテの戦略はうまくいき、東欧系のセルジェイはスペインではめずらしい美貌として注目を集めた。

冷たそうな横顔、にこりともせず、淡々と闘牛場に立ちながら、命がけの剣き出しの闘牛をするということで、セルジェイは少しずつ人気があがっていったのだ。

二十歳を過ぎるころにはスーパースターになり、スペイン中を熱狂させるだろう。

不法移民の不良少年がトップにのしあがるサクセスストーリー。セルジェイは疑うこともなくその道を進めると思っていた。

あの事件までは。

ひまわり畑のなかで、大きく運命が変わってしまった瞬間までは――――。


――そうだ、思い出した……俺は……本物だ。本物のセルジェイだ……。

不良少年から、英雄といわれる地位の闘牛士へ。

当然のように進むはずだった栄光に満ちた人生。

だが三年前、大きく狂ってしまった。そこにはビセンテの妻が不安に思っていたように、セルジェイのマルセイユでの人間関係が関係していた。

当時、警察のギャングとのつながりや汚職、暴行事件など多くのことが絡み合っていたのもあり、大きくは報道されなかった。

しかし闘牛関係者は、みんな知っている。

セルジェイが人殺しで、暴行犯で、麻薬密売をしていた中毒患者で、凶暴性ありとして矯正施設に入院していたという事実を……。

ここにいるのが本物のセルジェイだとわかれば、また病院に隔離されるか、あるいは裁判にかけられ、無期懲役で刑務所から出られなくなるか。

——さっきのシモンというおっさん、あいつはどうしてあんなことを言ったのだろう。俺が死んでしまっただなんて。

本気でそう思っているような感じだった。だとしたらいつ死んだことになっているのか。

「……」

セルジェイは右半分を覆っていた包帯をとって手を離した。窓から湿原を吹き抜ける風が入りこみ、セルジェイの手から包帯を奪って舞いあげていく。

顔に残った傷痕を指でなぞりながら、セルジェイはついさっきまで忘れていた過去の記憶を完全に掘り起こしていた。

ふらふらと部屋から出て、セルジェイはキッチンに入っていった。

「セルジェイさん？」

ケーキをテーブルに置きながら、紗由が小首をかしげている。双子たちもケーキのスプーンを口にくわえてきょとんとしている。

そんな彼らの視線に気づきながらも、セルジェイはポスターに描かれている闘牛士の絵を指でなぞっていった。

これは俺だ。ここに描かれている闘牛士は、まぎれもなく自分だ。

「……そうだ……これは……」

セルジェイ・ロタール・デ・モルドバ。三年前のこのときは十七歳だった。ここで正闘牛士に昇格した。あだ名は死神だった。

Feria du Liz Arles Abril という文字。

アルルの円形闘技場に、アルルの民族衣装を着た美女と、俺をイメージモデルにした闘牛士の絵がデザインポスター風に描かれている。

記憶を失っていたときはゴッホ風だと思ったが、改めてこうして見ると、どこがゴッホだとツッコミたくなる。もっとモダンな印象だ。記憶喪失中はどこか頭のなかの留め金がずれていたのかもしれない。

今は、いろんなことがクリアになってきた。記憶がはっきりとよみがえったのだ。

——三年前、このポスターのモデルになった。アルルの四月の春祭り。そこで俺は念願だった正闘牛士《マタドール》になったのだ。

それが転落人生への始まりだったとも知らずに。

そのあと、いろんなことがあった。

その年は最高に輝いていた。

あちこちで最優秀賞を手にし、新人ながら一年間で一番活躍した闘牛士として国王の前でも闘牛をし、その一年だけで年収は軽く数百万ユーロを超えた。

だが良かったのは一年だけだ。

その翌年、南米に興行に行ったあと、麻薬なんて一度も使ったことがないのに、誰かに嵌められ、セルジェイの荷物から大量のコカインが出てきた。

セルジェイは逮捕されそうになったが、裏社会とつながっていた警察の手でことなきを得た。

その裏社会というのがセルジェイを嵌めた相手。そのころ、セルジェイの母親がつるんでいたギャングだった。

大成功したとたん、わらわらと親戚が増えるのはよくあることだが、案の定、それまで何の音沙汰もなかった母親から連絡があったのだ。

『息子のものは私のもの。あなたのお金は私のものでしょ』

いきなりギャングの幹部と一緒に現れた。

その後、嫌がらせが続き、母たちは養父のビセンテの家にまで嫌がらせをするようになった。

ビセンテはセルジェイを守ろうとしたが、そのせいで彼らの一家はぼろぼろになり、妻と娘が同時に暴行される事件が起きた。

このままだととりかえしがつかなくなる。

自分の金を母に渡し、ビセンテのもとから去ろうとしたとき、また事件が起き、セルジェイは大怪

FERIA
D'ARLES

我をした。

いろんなことがあった。思いだすだけで死にたくなる。

あれからどのくらいが過ぎたのか。

今年のイースターが過ぎたころ、裁判のため、移送されることになり、セルジェイは病院を抜けだした。

捕まればそのまま裁判で有罪が確定し、刑務所行きだ。

このまま逃げても行くあてはない。しかしどうしても自分を嵌めたやつらに復讐したかった。

そうして何とかこの南フランスまでやってきたのだが——復讐する相手はこの世界から消えていた。

マフィアかギャングかの抗争があったらしい。母も母を愛人にしていた男も行方不明になっていた。

おそらく組織同士の抗争の果てに殺されてしまったのだろう。

——ちくしょう、どうせなら俺が殺したかったのに。

さてこれから先、どうするか。もう闘牛界にはもどれない。死ぬしかない。死んだほうがいい。

それなら闘牛をして死にたい。

できれば『シモン・カステル牧場』の牛と闘ってみたい、厄介な牛として一度も対戦したことのなかったそれに殺されようと思ってやってきたのだが、よりにもよって乗っていたバスが地中海に転落し、そのまま海に投げ出されてしまった。

セルジェイはそのとき、頭を打って記憶を失ってしまったのだ。

だが意識の片隅で『シモン・カステル牧場』に行かなければという切迫した思いが残っていたのか、

気がつけばこのあたりまで歩いてきて、足を滑らせて湖に落ちてしまった……というわけだ。

——牛を相手にして、ここで殺されるつもりだった。冤罪のまま犯罪者として裁判を受けるよりは、ここで死にたいと。恩人——ビセンテ一家を不幸にした罰として。

事件のときに痛めた足。こんな足ではもう二度と闘牛ができない。闘牛士にもどれないし、復帰したところでなにもかも失ってしまったあの場所で、また命をかけて生きていこうという気力はない。だから死ぬつもりだった。それなのになぜここにいるのか。

なぜ助かってしまったのか。

「ちくしょう……」

セルジェイは小さく息をつき、キッチンの窓から外を見た。

目の前の牧場では、こいつらに殺されたいと願っていた牡牛たちがのんびりとした顔つきで草原でくつろいでいる。

まさに美しいラヴェンダーや赤いポピーの花が咲き乱れ、初夏のオレンジ色の夕日に包まれ、黄金色に煌めいている。

赤茶けた古い石づくりの建物にピンクのつるバラ。その下にはラヴェンダーの花壇。コバルトブルーの雨戸。その前には真鍮製のベンチとタイル造りのテーブル。全部、紗由の手作りらしい。小さいけれど愛らしい家だ。

まばゆい太陽に目を細め、寝室の戸を開けて杖をつきながらテラスに出ると、セルジェイは陽ざらしになった大地に立ち、コバルトブルーの空を見あげた。

地平線の彼方を駆け抜けている白い馬たち。湖の上で戯れているフラミンゴ。

死ぬためにフランスにもどってきた。

――このシモン・カステル牧場の牛を相手に、死ぬことができたらいいのにと思って。

死ねなかった自分の運の無さ。そんなことに歯がゆさを感じていたそのとき、心配そうに背後から紗由が声をかけてきた。

「大丈夫ですか、起きたりして」

セルジェイは無言でふりむいた。

こいつが俺を助けた。

大きな目、あどけない風貌、真珠のような肌、愛らしい口元。

この男が俺を見つけて助けてしまった。

そう思うと、やりきれない苛立ちがこみあげてくる。

命の恩人に対して非道なことを思っているのはわかるが、この純朴な少年の好意に対して腹が立ってしょうがなかった。

「すみませんでした、パスカル、すごく反省して」

紗由が申し訳なさそうにしていると、さらに追い討ちをかけたい衝動が湧いてきた。

「死ぬところだったぞ、もう少しまともにしつけろ」

命令口調で言ったセルジェイの言葉にハッとしたように紗由が顔を上げる。

「あ……」

目がふるえ、唇もわななないている。

「もしかして、記憶……もどったんですか」

オレンジ色の夕日を浴び、紗由が問いかけてくる。

「さあな」

乱暴にベンチに腰を下ろし、セルジェイは足を組んだ。永遠に記憶喪失のままでいてやる。そう思っていた。

「何も思い出せない。死ぬまで記憶喪失のままだ」

ふっと冷たく笑ったセルジェイに、紗由がとまどっている。窓からパスカルが心配そうに顔を出していた。

「パパ、大丈夫なの？」

パパか。こいつが俺をパパだと思わなければ。

そもそもこいつら三人の母親——くそビッチの毒親が、俺を父親だなんてバカな嘘をつかなければ、生き残るなんてことはなかったのに。

——いや、くそビッチの毒親は、俺の母親のほうだ。

少なくともこいつらの親は、子供を愛していたように思う。

親ガチャに失敗したのは自分だけだ。

と思うと、こいつら三人まとめてどうにかしてやりたい衝動が胸に広がっていく。

「おい、パスカル、おまえ、あれだけやるなと言ったのに、どうしてあんなことをした。今後、無謀なことをしたら、俺は口を利かないからな」

切り裂くような声で言ったセルジェイに、パスカルがハッと驚く。その双眸にみるみるうちに涙が溜まっていく。

子供相手におとなげない言い方をしているのは自覚している。けれど言わずにはいられなかった。八つ当たりも混じっていると気づきながらも。

「ごめんなさい……」

パスカルがしゅんとする。だがあまりにも愛らしいその姿を見ていると、ガラにもなく罪悪感のようなものが湧いてきた。

──どうしたんだ、こんなこと、感じるような性格ではなかったのに。ガキをかわいいと思ったことなんて一度もなかったのに。

セルジェイはやれやれと肩で息を吐き、そのぷっくりとしたほおを手のひらで包んだ。

子供特有のやわらかなほおに触れると、あの日、マルセイユの駅で出会った養父のビセンテを思いだす。

本物にしてやると手を差し伸べてくれた。その手をつかんだせいで、彼を不幸にしてしまった。

この子よりもずっと生意気で、どうしようもない悪ガキだったが、彼は自分を愛してくれた。

母親からも誰からも愛されず、闇社会で生きるしかなかったセルジェイをたったひとり──たとえそれが闘牛の才能ゆえだったとしても、彼が差し出してくれた手の先にあった未来は、セルジェイにとっての唯一の希望であり、そして愛でもあった。

──本物にしてやる……か。

なのに、なれなかった。生い立ちに敗け、こんなところにいる。

あの言葉を思いだすと胸が軋む。失った痛みと同時に、それでも幸せな毎日だった、希望に満ちた日々を与えてくれた感謝とともに。

この子たちはあの日の俺だ。あの日、すがるようにビセンテの手をとった俺だ。

仕方ない、パパ設定につきあうとするか。

「わかった、謝ったらそれでいい。さあ、ガキは昼寝の時間だ。とっとと寝ろ」

セルジェイはふっと笑った。

「怒ってない？」

涙に潤んだ目で見つめられ、セルジェイは苦笑いしたままうなずく。

「ああ、怒ってねーよ。心配だから注意しただけだ。さあ、昼寝しろ」

セルジェイは寝室の方向を指さした。夕暮れなので、昼寝の時間ではないことはわかっていたが、そんなことはどうでもよかった。

「はーい」

うなずき、パスカルが窓を閉める。

「やっぱりもどったんですね」

確信したように紗由が問いかけてくる。

「もどってない」

言い切ると、紗由は小さく息をついた。

「……なにか事情があるのですか」

「なにも」

「言いたくないんですね」

南フランスの夕暮れどきの熱風が紗由の黒髪を揺らしている。視線を絡め、セルジェイはじっとその顔を見つめた。

彼の背には、広大な牧草地と湿原が広がっている。山はなく、地中海までさえぎるものはなにもなく、ただただフラットな大地が続く。

南側の牧草地では黒い牛たちがゆったりと草の上に寝そべっている。一方、牧草地とは柵でへだてられた湿原では太陽の強さに負けることなく白い馬たちが駆け抜けている。

東側を見れば、湖の上を数十羽はいるであろうピンクのフラミンゴたちがたわむれ、西側を見れば薄紫色のラヴェンダーが大地を淡く染め、そのむこうには中世時代のような教会。

日暮れどきの時間帯のせいか、自分たちのいる空間だけが時をきざんでいるように感じる、絵画にも似た世界が四方に広がっている。

赤いポピーや咲き始めた小ぶりのひまわり。そして今を盛りに空気まで紫色に染めるかのように群生しているラヴェンダー。なんという美しさだろう。

ここはきっと天国だ。地獄に逝くはずだったのに、記憶を失ったせいでまちがって天国に迷いこんでしまったのだ。

「何もない、なにも覚えてないって言ってるだろ」

手すりに肘をつき、じっと見つめる。

「でも」

「パパでいてやる。ミシェルの手術まではそうして欲しいんだろ」

「え……ええ、それはそうですけど」

セルジェイは斜めに彼を見上げた。

愛らしくて、頼りなさそうだが、どこか凛としたところもある。

記憶を失っていたときは、彼がどうしようもないほど愛しくて仕方なかったが、今は……どうなのだろう。

セルジェイはじっと紗由を見つめた。

せっかく才能があって、ずっと努力してきたのに、親ガチャに失敗したせいでなにもかも失ってこのまま地獄に堕ちてしまうのはさすがにかわいそうだ。

その前に、ちょっとは天国で楽しんでこい、これまで手に入れられなかったものを少しの間だけでも堪能してこい——と、ビセンテなら言いそうな気がした。

「ひとつ教えておいてやる。セルジェイ・ロタール・デ・モルドバは、闘牛界が威信をかけて黙秘しているが、人殺しで婦女暴行の犯罪者だ。さらにコカインの密売をしていた。麻薬中毒ということで、強制入院中だったが、退院し、裁判のために移送される途中、脱走して行方不明」

シモンの話だと死んだことになっているが、もしかして脱走した件が原因で死んだことにされたのだろうか。

「……業界では死んだことになっているらしい」

「そう……なんですか」

「だが、母親に会うつもりだったが、亡くなっていた。その途中、事故に遭って記憶を失った」

というのは嘘だが、復讐のために脱走し、ここで死のうと思っていたと本当のことを告げるつもりはない。

「お母さまが……」

「スペイン闘牛界は騒ぎになるのでだまっているが、セルジェイ・ロタール・デ・モルドバは死んだことになっている。なので、ここにいる俺は闘牛士のセルジェイではない。容姿が似ていたため、セルジェイのフリをしている双子のパパだ。ミシェルの手術までそれでいく……でいいな？」

もし彼がダメだと言ったら。いや、それはない。どんな犯罪者であったとしても、ミシェルのために引き受けてくれるだろう。

「いいな？」

セルジェイは強い口調で念押しした。

なにがあったのか、それを口にする気はなかった。

あのポスターを見た東欧系の犯罪組織が養父に金の無心にやってきて……。

これまでの自分の人生について紗由に話したところでなにかが変わることはない。いずれにしろ、ミシェルの手術までの間だけだ。その間だけ、天国で愛に包まれた家族ごっこを楽しんでやる。

そしてそれが終わったらここを出ていこう。

死ぬにしても生きるにしても。その間に、今後どうするか考えることにして。

「いいな、と訊いているんだが」

紗由はじっとセルジェイを見つめたあと、こくりとうなずいた。

「わかりました」

迷いも不安もない表情をしている。

「では、ひき続き、あなたは記憶喪失の身元不明者。ただしパスカルとミシェルの前では闘牛士セルジェイとして、彼らのパパのまま、ここで暮らしてください」

「わかった」

「あ、そうだ、これはぼくからの提案ですが、どうでしょうか、警察に頼んでいる捜索をとり下げませんか。カロリーヌ先生にも。記憶が戻りそうとか、知人から連絡があった等の本人からの希望ということで」

「できるのか？」

「今の様子だと、カロリーヌ先生が心配されていたような、化膿や感染の心配もなさそうですし、あとは抜糸だけ。そうなれば、もう病院に行く必要もないですし、何の問題もないはず。治療費はあなたへのお礼も兼ねて、こちらで何とかしますので」

それはありがたい。このまま警察が病院のカルテを元にセルジェイのデータと照合すれば、いずれ真実に行き着いてしまうだろう。

そうなったら、ここにいるのがセルジェイもどきの記憶喪失者ではなく、正真正銘のセルジェイ・ロタールだというのがバレてしまう。

今は、たとえば足跡を辿られていたとしても、バスの転落によって海に投げだされ、死亡したと推測されている状態だろう。

だが生きているとわかればスペインに連れもどされ、裁判にかけられ、刑務所行きが確定する。さらに脱走の罪も加わって、終身刑を言い渡されてしまうかもしれない。

「犯人隠匿の可能性が問われるぞ」

「それはありません。だってあなたは身元不明の記憶喪失者ですから」

紗由はきっぱりと言い切った。茶番につきあってくれるというのか。事情も聞かずに。

「いいのか、そんなに俺を信頼しても」

「ええ」

「どうして」

「わかるんです、ぼく。いい人かどうか」

「え……」

目を細め、思わず顔を歪めて彼を見あげた。

「空気で。オーラが感じられて」

「はあ?」

わけがわからず、口の端がひん曲がりそうになる。

変なことを言う男だ。

もしかしてオカルトマニアか、スピリチュアルかぶれか?

ヨガや禅など東洋思想に傾倒する意識高い系か。

特別な主義主張もないままビーガンを口にしたり、よくわかってもいないのに雰囲気だけで動物愛護を訴えて闘牛を敵視したりするような……ちょっと流行っているからといって、ブームにあやつられているだけの無宗教型スピリチュアル層をセルジェイは嫌悪している。

——そういうやつじゃないと思っていたが。

あからさまに気持ち悪そうな顔をしたセルジェイの視線に、こちらの真意を察したのか、紗由はちょっと困ったように微笑した。

「あ……あの……超能力とかそうじゃなくて」

しどろもどろに言いながら、紗由は首を左右に振った。

「実は、ぼく、赤ん坊のときの病気が原因で、昨年末、母が亡くなって角膜を移植してもらうまで……目がちゃんと見えなかったので」

知っている。シモンおじさんとやらがそう説明していた。そのことと他人のオーラがわかるというのはどう関係があるのだろう。

「えっと、ただしくは病気が原因じゃなくて、薬の副作用のせいみたいですけど、物心ついたころにはそんな感じになっていて」

「まったく？」

「あ、いえ、暗いところだと見えなかったんですが、明るい場でも視力が0.01以下のレベルなら何とか見える程度で……といっても世界全体がモノクロのぼやけた世界で……でも双子たちの世話もできたし、簡単な料理や裁縫や花の世話もできたんですよ」

それでも不便だっただろう。それとも生まれてすぐなら、それを不便だと感じることもなかったというのか。

「三人中二人か。高確率だな」

「え……？」

「ミシェルも健康に問題があるし、母親に遺伝的な疾患でもあったのかと思って」

ああ、そういえばそうだという感じの表情をしながら、紗由は首をかしげた。

「よくわからないです。でもそうなのかもしれませんね、母はバレエをやっていたし、健康そうだったし、多分、調べたことはないみたいですが」

「で、治ったのか？」

「病気なら、寛解したみたいです。症状が消えても完全に病気がなくなったわけではなく、再発の可能性がゼロというわけではないので、一年に一度、検診を受けてますが、今のところ、何の問題もなさそうです」

では再発の可能性があるのか？　眉をひそめたセルジェイに紗由は目を細めて微笑した。

「だから気をつけています、免疫がさがらないように。最低でも、あと十一、二年、双子たちのためにも働きたいので。あの子たちが自分たちの人生を歩めるようになるまで」

「おまえの人生は？」

「え……」

「どんなふうに生きたいんだ？」

紗由はきょとんとした。どうしてセルジェイがそんなことを質問するのかわからないという顔をしている。

「したいことだよ、双子の世話以外に。おまえはどんなふうに生きたいのかって訊いてるんだ」

紗由はそれ以外の幸せを求めていないように感じられるが。

「ですから、それがぼくのしたいことです」

やはりそうか。それ以外、彼は望んでいないのだ。

「自分の欲やエゴはないのか？」

「ああ、もしかすると、あなたがぼくのエゴかもしれないです」

俺が？

意味がわからず、セルジェイは返事に困った。

「双子たちのため、ここでパパのふりをして欲しいとたのんだこと。出会ったばかりの見ず知らずのひとに、かなり無理なお願いをしたのはわかってるんです。でもミシェルに希望を持って欲しい。パスカルに喜んで欲しい。あの子たちが笑顔でいてくれないと、ぼくは辛くて……だから」

「なるほど」

「うまく言葉で説明できないんですけど、その気持ちだけでいいんです。双子たちが幸せでいてくれることがうれしいっていうぼくの気持ちだけで」

笑顔で言う紗由に、どういうわけか負けたような気分になり、胸の底がチリチリと焼け焦げていく気がした。

彼は死を覚悟して生きている——そう思ったせいかもしれない。自分がしていたことなんかよりももっと尊いもののために。だからこんなにも美しいのか。

「母が亡くなって、この目、手術して……そのおかげで今はとてもクリアに世界が見えるようになったんですけど……急にいろんなものが目の前に現れて、色彩もいっぱい増えて、情報が多すぎてまだ慣れないんです」

それはそうかもしれない。といっても、セルジェイはそんな状況になったことがないので想像もつかないが。

「友達も作れなくて、人ともどう接していいかわからなくて。他の人たちとちょっと価値観がちがっているせいなんでしょうね。特に美醜に関して、ぼくが感じるものと、他の人が感じるものにズレがあるんです」

「どんな？」

「長い間の癖で、見えるようになっても、目に見えるものより見えないものを感じようとする癖があるみたいで……多分、本質のようなものを肌で感じてるんだと思うんです。オーラのような、そのひとを包んでいる空気のようなもの。そうして心で感じた印象……それを信じているんです。心でとらえるというのかな。心で受け止めたときの感情で物事を見つめているのかもしれないです」

心でとらえる？　感情で見つめる？

そういう理由か。そういうことならあり得るかもしれない。

「いいひとかそうじゃないか……それでいくと、あなたはいいひとなんです」

「俺が？」

「ええ、初めて会ったときから、今まで。どんなときもあなたからの空気は美しいです」

「は？　俺の空気が？　ダメだな、全然ダメだ」

セルジェイは思わず嘲笑ってしまった。

「俺は……最低の人間だ。自分勝手、性悪、変人……という形容詞には慣れているが、いいひとなんて言われると壮大な嫌味にしか聞こえない」

「ごめんなさい、でもぼくはそう感じたんです」

夕陽に照らされた彼の笑顔をまぶしく感じた。

どうしてさっき、負けた気持ちになったのかわかった。月並みすぎて恥ずかしいたとえだが、どんな太陽よりも彼の笑顔がまぶしいと感じたからだ。

観光客がひっきりなしに行き交っていたマルセイユの駅の天窓から降り注いでいたオレンジ色の夕

暮れ。

闘牛場の待機所から一歩外に出たときに、カッと目を灼いたまばゆい太陽の光。

セビリャのひまわり畑を照らしていた突き刺すような陽射し。

そのどれよりも、今、紗由の横顔を照らしている太陽にくらくらとして負けた気持ちになったのだ。

セルジェイは視線を落とし、地面に伸びた紗由の細長い影を見つめた。彼の背後で揺れる日除けのシエードが羽に見え、セルジェイはふっと鼻先で笑った。

「天使か」

弟たちのために生きることが自分の人生だと？

俺をいいひとだと感じているだと？

バカじゃないのか。

そんな考えだと、まともな人生を歩めないぞ。

こんな人間は初めてだ。

これまでセルジェイの周りにいたのは、裏社会の人間、彼らとつながっている警察官僚、ビセンテだけは純粋にセルジェイを導こうとしてくれたが、それ以外は闘牛界という風変わりな世界で生きる強欲な連中ばかり。

動物愛護団体からの非難。莫大な金。八百長、それから薄汚い取引。名声と地位にむらがる蛆虫のようなやつら。

生と死が交錯する神聖な世界で命をかけて生きることに夢と希望と尊さを感じていた過去の自分が愚かに思えた。

「ここは綺麗だ。天国だ」

セルジェイはボソリとつぶやいた。

「え……」

「きっとおまえがいるからなんだろうな」

セルジェイは首を左右に振って立ちあがると、紗由のあごに手を伸ばした。ぎゅっとその細いあごをつかんで、夕陽の色に染まった小さな顔を凝視する。

優しげで、線が細くてはかない雰囲気をしている。やわらかな輪郭、甘やかな目鼻立ちが愛らしい。こうして触れていたい。

「セルジェイ……さん……あの」

「食べたい」

思わずそんな言葉が口から出ていた。抱いてみたい。喰らいついてみたい、この男をまるごと自分のものにしてみたい。

ひとときでいい。ミシェルの手術の間までの疑似家族の間だけでいい、この男からの愛が欲しい。どうしようもなく欲しい。

そんな奇妙な衝動が湧いてくる。この男への自分の気持ちはまだよくわからない。これが恋や愛という感情だと分析する余裕もないし、擬似家族という短い時間の間にそんな本気の関係を作ってもどうすることもできない。

自分は犯罪者だし、逮捕されるか強制入院か、それか死ぬ以外に未来はない。

けれどだからこそ、この時間だけでいいから愛が欲しい。彼から愛されたい。闘牛士になりたいと思ったときと同じくらいの一途な気持ちで。

「あの……」

　意味がわからない様子で紗由が首をかしげる。

「今夜、時間はあるかと訊いているんだ」

「ごめんなさい、今夜はないです」

「試食する時間も？　あの神父みたいに愛や恋のような面倒なことを語る前に……試しに……つまみ食いする余裕も？」

「そうだったんですか、それならちょうどよかった。試食して欲しかったんです」

　時間がないとあっさりと返され、完全に振られたのかと思ったが、そうではなかった。紗由はとてもうれしそうな顔をした。

「本気か？」

「はい、今からアイスを用意しようと思っていたんです」

「アイス？」

「ぜひ試食してください。新作、試しに作ってみたのが完成していると思うので」

　無邪気な紗由の返事に、セルジェイは自嘲するように苦笑いした。

「あ、ああ」

　そっちのことか。それもそうだ、彼はまだ子供のままなのだ。色気のある雰囲気にはならないらしい。彼を試食する前にアイスを試食というのも、いいだろう。

夕食後にキッチンに行くと、紗由が再びアイスクリーム用のグラスを並べ始めた。

「あー、ずるい、アイス食べようとしてる」

パスカルの元気な声が響く。さっき泣いたばかりなのに、アイスクリームのグラスを見たとたん、急にほっぺたをふくらませ、ニコニコと笑いながらキッチンに飛び出してきた。子供というのはよくわからないものだ。

「ずるい、ずるい」

ミシェルも気づいて部屋からでてくる。ふたりでレゴブロックをして遊んでいたらしい。寝室の床に広がっているのが見えた。

「ダメだよ、さっき、たくさん食べたじゃないか。これ以上、食べたらお腹を壊してしまうから、ふたりはホットミルクにしよう。もう夜だから。セルジェイさん、待っててくださいね」

「ああ、先にどうぞ」

「じゃあ、これを飲んだら、もう寝るんだよ」

紗由がミルクパンに牛乳をそそいでコンロにかける。

「はーい」

「はーい」

声をそろえてニコニコとする双子を見て、セルジェイは感心した。

四歳くらいの子供はもう少しワガママじゃないのか。

「ずいぶん聞き分けがいいんだな」

テーブルについたパスカルとミシェルに言うと、彼らは笑顔で答えた。

「さゆにいちゃんは神さまだから」

「うん、神さまだから」

「はあ？」

セルジェイは露骨に口を曲げて双子たちを見た。

「意味がわからないし」

「ママがね、言ってたの、さゆにいちゃんは神さまで天使で聖母さまだから、さゆにいちゃんを信じてかしこくしなさいって」

「うん、言ってたね。ママをみほんにしちゃだめ、ママはろくでなしだから、さゆにいちゃんみたいになりなさいって」

「へえ、おまえたちの母親、自分のことをちゃんとわかってたのか」

「パパはどっち？　神さまサイドのひと？　ろくでなしサイドのひと？」

「うん、ミシエルも知りたい」

まっすぐな目で問いかけられ、セルジェイは嗤った。

「俺か？　俺は英雄だ。神さまサイドでも、ろくでなしサイドでもなく」

「そうだったね」

「うん、英雄だったね」

「ねえ、パパ、パスカルね、パパみたいな闘牛士になれる？」

紗由から渡されたホットミルクのマグをふーふーしながら、パスカルはセルジェイを見上げた。きらきらとした純真無垢な子供の目。子供というのはこんなにも澄んだ目をしていたのかと不思議に思った。

セルジェイのまわりにいたスラムの子供たちにこんな目のやつはいなかった。セルジェイ自身もそうだったように思う。

闇夜に光る飢えた野良犬のような目をしていた。

「闘牛士……か」

「うん、なりたい」

「ミシェルもなりたい」

「無理だな」

セルジェイは冷たく吐き捨てた。

「え……」

三人の声が一斉に重なった。紗由もキッチンに立ったままびっくりしたような顔でセルジェイを見ている。

「向いてない。ふたりとも、闘牛士になるのは諦めろ」

「ええっ、どうして」

「うん、どうして」

セルジェイはパスカルの頭を手のひらで包んだ。天国の住人にあの仕事は向いていない。もっといいものが世界にはある。

その思いと同時に、ちゃんと悪いことは悪いと伝えなければという意識もあった。

「パスカル、おまえ、さっき、自分がしたことがわかってるのか」

「え……」

「さっきも言ったが、もう一回言っておく。いきなり牧場に入って、闘牛士の真似ごとなんかしやがって。あんなことをするガキは闘牛士になる資格はない。だから向いていないというのではない。これはそれ以前の根本的な問題だ」

きっぱりと言い切ったセルジェイにパスカルは目を大きく震わせた。

「パパ……」

ここで適当なことを言って、この場を丸くおさめるのは簡単だ。

自分にはこの一家に対して何の責任もないんだし、「これからは気をつけろよ」と笑顔でやり過ごしてしまっても問題はない。

だが、本物としてのプライドが妥協を許さない。

たとえ双子を失望させようと、それによって紗由に嫌われようと、自分の信念に嘘はつけない。四歳の子供だからといって甘やかすことができない。

——俺とは違う。

命をかけさせられない。パスカルはあそこで生と死をかけて闘うタイプの人間ではない。

「おまえがあんなことをしたせいで、あの牛は闘牛に使えなくなっちまったんだぞ。人間と闘うことを覚えた牛は、闘牛場に行くことはできないんだぞ。だから二度とあんな真似はするな」

「そう……なの？」

パスカルの双眸からポロリと涙が流れ落ちていく。

「そうだ」

セルジェイはこくりとうなずいた。

「じゃあ……あの牛は……どうなるの？」

「あの牛は、あのままあの草原でのんびり余生を送る……それだけだ」

「殺されない の？」

「殺されはしない。だが、闘牛場に出すため、シモンおじさんや牧童たちが一生懸命育ててきたのをおまえは台無しにしたんだ」

セルジェイの横で紗由が息を呑む。

「おまえを止めることができなかった俺の責任もあるが、ああいうことをしようとするガキに闘牛士になる資格はないと思う」

「……」

さらにそのほおが涙に濡れる。

子供をいじめている、子供相手に本気になってどうするのか――と思われるかもしれない。

だが、子育てなどしたことがないのでセルジェイは本音しか口にできない。どういうのが良い子育てなのかなんて知らない。

「ごめんなさい、ごめんなさい……あああん、パスカル、悪い子だね」

わあわあ、泣きじゃくるパスカルの肩をセルジェイはつかんだ。

「悪い子じゃない。いい子だ」

パスカルが濡れた目を大きく見ひらく。

「ほんと?」

「悪い子というのは、まちがったことをしても反省しない子だ。パスカルはパパの言葉をちゃんと素直に受けとめて、反省している。そういうのはいい子というんだ」

「そうなんだ」

「約束してくれ。二度としないと」

「わかった、絶対にしない」

「ミシェルも絶対にしない」

「ふたりともいい子だ」

本当にそう思う。よくもまあ、こんな天使たちがこの世界にいるものだ。

「嫌いにならない?」

「なるわけないだろ。パパとして正しいことを教えてやっただけだ。おまえたちに正しいことを理解して欲しくて」

スラムの悪ガキだった自分が正しいことを教えるというのもふざけている気がしないでもないが、まあいいだろう。

「ああ、あとそれとは別に、正直に言っておく、おまえたちに闘牛士は無理だ。向いていない。やめたほうがいい」

「え……どうして」

パスカルの顔がひきつる。ミシェルはもう少し冷静に訊いてきた。

「うん、どうしてなの？」

「命を捨てる覚悟なんてないだろ。闘牛士は死ぬ覚悟がないとなれない。それにおまえたちの身になにかあったら紗由が哀しむ。紗由がひとりぼっちになってしまう。そうなってもいいか？」

「いやだ」

「うん、いやだ」

やはりパスカルよりミシェルのほうがクールだ。もしかすると、ミシェルのほうなら手術に成功したあと、努力次第で闘牛士になれるかもしれない。

だが、やはりやめておいたほうがいいだろう。あの世界にいた人間だからこそ、あの世界で生きていい人間とそうじゃない人間とがはっきりとわかる。

パスカルとミシェルは、闘牛場の太陽の下ではなく、もっとおだやかで優しい光のなかで笑っているのが似合う。

「紗由を哀しませたくないだろう？」

「ない」

「うん、ない」

「だからやめておけ。パパのようになるんじゃなく、紗由のようになるんだ。優しい笑顔で、他人を思いやって、人を幸せな気持ちにさせるような」

「さゆにいちゃんみたいに？」

「そうだ、なりたくないか？」

「なりたい」

「うん、なりたい」

本当に素直でいい双子だ。こんな愛らしくてまっすぐな子供は闘牛士には向いていない。形だけ真似することはできても、遊びの延長線上で楽しむ程度で終わるだろう。

それならもっと別の道を歩んだほうが幸せになれる。そう思った。


「ありがとうございます、本当のパパみたいにいろんなことを言ってくれて」

双子たちを寝かしつけたあと、紗由は改めて試食してほしいとアイスをグラスに入れ始めた。

「子供相手にムキになって……と思わないのか？」

「いいえ、感動しました。子供相手に本音でぶつかろうとするあなたに」

「あいにく本音以外、口にできないタイプで」

「それ、大事なことだと思います。ぼくはあんなふうに注意できない。どれだけ危険か知らないし、牛を育てているひとの気持ちを想像することもできなかった」

アイスクリームを入れながら、紗由はちらっとポスターに視線を向けた。

「それに、あの子たちに向いていないという言葉にも感動しました」

「どうして？」

「ちゃんと正直に言ってくれて。見たことがないのでよくわからないんですけど、あの子たち、このポスターみたいにかっこいい格好をしたいだけのような気がします」

「子供なんてそういうもんだろ」

「だから衣装を作ったんですけど」

「闘牛士は特別な仕事だ、紗由……おまえのほうが向いている」

「え……」

死を覚悟しているという点だけ見れば。

「魂レベルでは向いている。だが、その華奢さ、その愛らしさでは無理か」

「そうなんですか？」

「ああ、きっと俺がアイスクリームショップをやるのと同じくらい不自然だ」

そう言いながらも、それはそれで一度やってみたいとも思った。

「やってみます？　マルシェワゴンで一緒に」

「おまえが望むなら」

「いいえ、いいです、まだ怪我が完治していないし、食べる方専門になってください」

警戒している。絶対にメチャクチャにすると。

さあ、食べてください、と、セルジェイの前にグラスを出した。

「これは……」

これまでに見たことがないような綺麗なアイスクリームだった。

「この前のことをヒントに、フラミンゴアイスを一から作り直してみたんです。バタフライピーで青くしたパンナコッタのアイスと、桃のソルベをマーブル状に混ぜたんですけど、そこに果肉のゼリーも混ぜて」

コバルトブルーのパンナコッタと桃のソルベ。もちもちとしたパンナコッタアイスは、さわやかなピーチソルベよりも溶けるのが遅い。

二種類のアイスが時間差で溶けていくにつれ、少しずつ形が変わっていく様子は、フラミンゴが青空に飛び立っていく形にとてもよく似ている。

そして小さくカットされたオレンジ色の果肉が宝石のようにきらきらと煌めく。

「どうですか？」

「ああ、こういうのがいい、南フランスの空の色がよく出ている」

アルルの闘牛場で見た青空を思いだす。

「よかった。オフホワイトの空よりも青のほうがずっとピッタリですよね。青にしたおかげで南フランスの地中海と空とが溶けあって、そのはざまにフラミンゴが飛んでいく感じがして」

「俺の発案を採用してくれるのか」

「ええ、それをヒントにちょっと工夫してみたんです。ここに果肉を入れると溶け方にもう少し時間差ができて……なんと、最後にはハート型になるんですよ」

本当だ。飛び立ったフラミンゴがつがいを見つけてもどってきて、二羽むかいあって愛しあっているような感じに見えなくもない。

「食べるのがもったいないな」

「ダメですよ、ハート型が崩れる前に食べてください」

急かされ、セルジェイはスプーンですくって食べてみた。もっちりとしたパンナコッタの食感としゃりしゃりとした桃のソルベが口のなかで溶けあい、噛み締めると果肉が歯を刺激し、口のなかでとろけたアイスと心地よく絡みあう。

「どう……ですか？」

不安そうな顔をしている紗由にセルジェイは少し意地悪く言った。

「自分で食べてみろ」

スプーンですくってアイスを口に含むと、セルジェイは紗由のあごにそっと手をかけ、唇を近づけていった。

息を呑む紗由に唇を重ね、その口内にアイスごと侵入していく。

「……っ」

ビクッと体を震わせたものの、紗由が反射的に唇を開けたすきまからパンナコッタと桃のソルベを舌の上へ流しこむ。

冷たかったアイスが溶けてあたたかい甘みとなって絡まりあい、互いの舌の間でとろとろに蕩けていく。その雫が重なった唇の間から紗由の首筋を濡らしている。

「ん……っ」

紗由の吐息とふんわりとしたアイスの食感がやわらかく舌先に伝わり、天国で浮遊しているような心地よさが広がっていく。

「……っ」

紗由からはとまどいと緊張が伝わってくる。

そのうぶな感じがとてもいじらしい。ガラにもなく胸の奥がキュンとしている。

ああ、やはりこの男から愛されたいと思ってしまう。

この男の愛に包まれてみたいという衝動が湧き水のように内側からあふれてきて自分で自分がわからない。

愛されていると実感を抱きながら、この男を自分のものにしてみたい。抱いてみたい。どうしようもなく。

誰からも穢されていない真っ白な男を自分なんかが汚してしまっていいのかという罪悪感がないわけではない。

好きというわけではないし、愛しているというのも変だが、自分のものにしたい、抱いて抱いて抱いて抱いて、その内側を貪り尽くして、そして最後に彼の愛に溶けたい。

そんなふうに思ってしまうのは変だろうか。

——これまでの俺はどうだったんだ?

記憶を失う前、自分はどんなふうにセックスしていたのか、誰を相手にしていたのかはっきりと覚えてはいない。

見習い闘牛士だったころから、モテてモテてモテて困ってしまうほどだった。

闘牛のあと、ホテルに押しかけるファンの女の子のなかには堂々と寝室の前まで入ってくる子も多かった。

『あの女の子たちは闘牛士のおまえの恋人になりたくて仕方ないんだよ。遊ぶのはいいが、快楽に溺れないようにしろ。あと避妊も気をつけろ。養育費が高くつく』

養父のビセンテはよくそんなことを口にしていた。

女だけではない。ビセンテのところを離れて自分の養子になってほしいと誘ってくる貴族、スポンサーになりたいという富豪、そして男から性的な意味で襲われそうになったときは何が起きたのかわからずしばらく硬直したままだった。

　もちろん何もさせなかったが。

　それから興行のたび、衣装についた金モールの飾りを毟りとられた。ちなみにその飾りはそれを身につけていた闘牛士の勇気の象徴とされていて、肌身離さず持っていると幸運を招くお守りになると言われているのだが、あくまで本人から捧げられてこそのお守りといえるだろう。強引に手に入れたところでご利益などないぞと文句を言いたくても誰がとったのかわからない。

「ん……」

　唇が離れると、紗由は長い睫毛を揺らしながら、どうして……という表情でセルジェイを見つめた。その口元にアイスが残っている。

　セルジェイが指でぬぐうと、紗由は目を見ひらいた。

「……あ……」

　ブルーとピンクのアイスが溶けあって淡いラヴェンダー色になっている。

「この色……なつかしい」

　紗由はふわっと微笑した。

「なつかしいって？」

「目が見えるようになって……一番驚いたときの色。世界にはこんなにも美しい色があるのかとびっくりしたんです」

　窓辺に行き、紗由は小さなキッチンの窓を開けた。

そして遠くを指さした。

「あそこの色です」

セルジェイは紗由の後ろから外を見た。この窓からは牧場ではなく、ラヴェンダー畑のむこうの湿原に、果てしなく広がっている湖が見える。

夕暮れの陽射しを浴びながらフラミンゴが戯れていた。

もう午後十時前なのに、この季節、南フランスはなかなか暗くならない。

「海……といっても、青空を映して青く染まった湖ですが、一斉にフラミンゴが飛びたって空に消えていった水平線の果てに太陽が沈もうとしていたとき、こんなふうな色をしていました」

この広大なカマルグの湿原に広がる湖。その果てに太陽が沈んでいくとき、きらきらとしたラヴェンダーパープルの空へと変化していく。どこかノスタルジックな色彩だ。

紗由はそのことを言っているのだろう。

「とても不思議でした」

しみじみと紗由が言う。

「身の周りで当たり前のように存在しているものがこんなにも一瞬一瞬であざやかに色彩を変えていくことが本当に不思議で、なにもかもが輝かしくて尊くて」

この世界のすべての森羅万象が愛おしい。そんな様子で祈るように胸で手を組み、紗由はうっすらと眸に涙をためた。

――そうか……俺にとっては当たり前のことだけど……。

紗由が角膜の手術をしたのが十六歳のときか十七歳のときなのか知らないが、その歳までぼんやりとしたモノクロの世界しか知らなかった。彼にとっては、目に入ってくるもののすべてが神聖で、とてつもなく神々しいものに感じられるのだろう。

「そうして感動したのです、海と太陽とが愛しあって溶けると、こんな色になるのだと」

その言葉に、昔、読んだ詩を思いだした。

「ランボーの詩か？」

「え……」

「Elle est retrouvee ! - Quoi ? - l'Eternite.C'est la mer melee Au soleil.」

太陽と海とが溶けあうという意味のこの詩。

ビセンテの養子になったあと、本物の一流闘牛士になるには教養も必要だからといろんなことを教わった。歴史、宗教、政治、地理、詩や小説、クラシック音楽、絵画……。

これもそのときに読んだフランスの詩人ランボーの「地獄の季節」に収録されている一節だ。意味はよくわからないが。

「その詩、すごく綺麗な響きですね。アイスクリームの食感みたいになめらかで。もう一回、聞かせてもらえますか？」

なめらかなのは、おまえの唇のほうだ——と思いながら、セルジェイは指の関節でくいくいと紗由の唇をつついた。

「代わりに、こっちももう一回。いい？」

え……とまつ毛を揺らすと、紗由はとまどったような表情をしながらもほんの少しだけほおを赤らめ、「はい」とうなずいた。

許可してもらえただけで胸が高鳴る。

紗由の前でのセルジェイは表情も声音もクールを決めこんでいるが、実は内心は爆発しそうなほどの緊張をかかえこんでいた
不思議だ、これまで誰かをほしいと思ったことはないし、誰かに負けたような気持ちになったこともないのに。

「Elle est retrouvee！ - Quoi？ - l'Eternite.C'est la mer melee　Au soleil.」

こちらが朗読する詩に、うっとりと聴き入っている紗由の満たされたような表情をもっと見ていたくてセルジェイは続けた。

「Elle est retrouvee！ - Quoi？ - l'Eternite.C'est la mer melee　Au soleil.」

「続きは？」

「いや、ここだけだ」

ここの部分しか記憶していない。

どうしてここだけ覚えているのかといえば、フランスの映画監督ゴダールの「気狂いピエロ」という映画のラストシーンで使用されていたからだ。

ギャングから金を盗んで逃げたマリアンヌという女と、ピエロのように顔をトリコロールカラーの青に塗った男。

彼らは南フランスに逃避行し、二人だけの楽園のような逃亡生活を送るかと思いきや、何もかもチグハグでうまくいかない。

――あなたは言葉で語る、私は感情で見ているというマリアンヌと、おまえとは話にならないと言

う男。

結局、マリアンヌを銃殺したあと、男は顔にダイナマイトを巻きつけて発作的に自殺しかけるが、導火線に火をつけた直後、急に我にかえったように「私はバカだ、バカだ、しまった」と言いながら、慌てて手で火を消そうとする。

けれど消火することはできず、一瞬でダイナマイトは爆発してしまう。

その後、スクリーンは無音のまま、南フランスの海と空が映り、しばらくして囁くような声でこの詩が朗読されるのだ。

恋人から、ピエロ、ピエロ、と呼ばれていた男は、最後、ピエロのように道化に満ちた形で死んでしまうという映画。

——特に好きな映画というわけじゃなかったが。

闘牛をするまえ、セルジェイは必ずといっていいほどそのシーンを思い出し、神に祈る代わりにこの一節を口にしていた。

——Elle est retrouvee ! - Quoi ? - l'Eternite.C'est la mer melee Au soleil.

他の闘牛士たちのように、祭壇の前で、神のご加護を、聖母の祝福を、幸運を、闘牛の無事を、成功を……と祈ったことは一度もない。

『どうして、祈りを捧げない』

周りからよく尋ねられた。

『神も聖母も信じてないので』

そのたび、そう答えた。

――信じていいのは俺だけだ。昔も今も。そう思っていた。

破滅か、救済か。それなら破滅するくらいの闘牛がしたい。

愚かな死が待っているのか、救いの手に抱きしめられるのか。それなら闘牛場で誰よりも愚かに死んでしまいたい。

ピエロのように死んでいくのか、英雄となって生き残るのか。それなら英雄となってピエロのように死にたい。

ずっとそう思っていた。

マルセイユのスラムの裏社会で、闇組織の麻薬密売人となる運命だった。元々、普通の幸せや人生や家庭生活は望んでいない。

一瞬で花火のように燃えあがって散ることができたら。そう思っていた。

三年前に大成功してから、たった一年ちょっとのマタドール人生だった。トップクラスにのしあがったことで闇組織に目をつけられて。

だから事件が起き、闘牛士を辞めたとき、自分の人生は終わったのだ。

復讐を果たし、シモン・カステル牧場の牛に殺されたい、そのために病院から刑務所に移送されるタイミングで脱走したのに。

だから、ここにいるのは予定外の時間。死んだはずの人生のその先だ。

「続きは……調べておく」

「でもそこだけでも響きますね」

紗由は暗記したらしく、その詩の一節を口にした。

「見つけたよ、ついに。なにを？　永遠を。それは太陽と溶けあう海——まさにここから見える風景ですね。永遠ではない一瞬、摑めそうで摑めない何か、決して手が届かない尊いもの……だからこそ永遠なのでしょうか」

手が届かない尊いもの……か。

この生活がそうかもしれない。

決して手に入らないと思っていたもの——家族、幸福、平和、穏やかさ、優しさ。

「太陽はおまえ……海は俺か」

思いつくまま、セルジェイは窓の外を見つめ、ぼそりとつぶやいた。

太陽と湖とが溶けあう間へ飛び立っていくフラミンゴの群れ。

群れから遅れて湖に残された二羽のフラミンゴがたたずんでいる姿はハート型に似ている。まるで心臓のようだ。

「いや、違う。太陽も海もおまえだな」

「どうしたのですか、急に」

ふりむき、紗由が見あげる。

「フラミンゴが俺」

太陽にも海にも、どちらにも包まれていたい。そして溶けたい。混ざりあって溶けあいたい。

セルジェイは紗由の肩に手をのばした。

「たとえば……俺が人殺しでもいいのか？」

「え……」

「記憶を失う前の俺が、人殺しで、暴行犯人で、薬物の常習者だったとしても」

紗由はくすっと笑った。

「もう一度言います。ぼくはわかるって言いましたよね、いいひとかどうか」

迷いのない紗由の言葉に、彼のなかに溶かされ、内包されたいという衝動がさっきよりも強くなっていく。

「バカなやつ」

窓の向こう――夕日を浴びたラヴェンダー畑が彼の背で淡く風に揺れ、じっとこちらを見上げている紗由の姿は聖母のようだ。

信じたこともなければ祈ったこともない相手。

「まあ、いい。俺はあいつらのパパだ、それ以上でもそれ以下でもない」

セルジェイは部屋に貼られた自分のポスターに視線をむけた。

「はい、どうぞよろしくお願いします」

さしだされた彼の手をとると、セルジェイはその手にキスをした。王子が姫にするように。

甘くていい香りがする。

折れそうなほど細く、小柄で、抱きしめると壊れそうだ。肌はなめらかで陶器のようなきめのこまかさ。

「で、きみは双子のママ代わり。あと二週間、いや、もう十日後か。それまでは擬似家族だ」

「擬似家族……ですか」

「ああ。夫婦のように仲良くしよう。そのほうが双子たちも喜ぶだろう。パパとしてなにをすればいいのかリクエストしてくれ」

「考えておきます。なんか夢のようですね」

紗由は窓を閉じて、ポスターの前に近づいていった。

「このひとがパパだって、母さんが言ったとき……ぼく、そんな嘘はダメだって言ったんです。でも母さんが言ったもん勝ちだ、そう思ったほうが楽しいからと言って」

そこに描かれたセルジェイの絵の腕のあたりを手でなぞりながら紗由はそのときのことを説明してくれた。

いろんな男と恋愛し、破局するたび、紗由にその話を聞かせていた母親のエヴァ。どうしようもない毒親かと思っていたが、紗由の話を聞いているとそれだけではないようだ。

「母さんには感謝することばかりです」

角膜をもらったこと、双子たちを遺してくれたこと、家事をすべてこなせるように教えてくれたこと、アイスクリームのマルシェワゴンで働けるようにしてくれたこと。こんな素敵な結果を招くような嘘をついたこと。

そしてなによりも、目に見えるものではなく、本質をとらえろと教えてくれたこと。

「だからあなたのことも自分が感じた印象を大事にしようと思っているんです」

やっぱりこの男はバカだと思った。

バカで、天使だ。

「俺にはどれも偶然の成り行きでうまくいっただけに聞こえるが」

「偶然でも、いい方向にいっているのだから、それが正解だったんですよ」

正解にしたのは、紗由自身の内在する力だ——と思ったが、本気で母親に感謝している紗由の気持ちをへし折るようなことはしたくなかった。

——いい親とは言えない気もするが……紗由や双子たちの純粋で愛らしい性質から察すると、もしかして、愛情にあふれた母親だったのかもしれない。

そうでなければ、三人が三人とも、こんなにまっすぐで美しい性質を持つことはない。

恋愛体質で、嘘つきで、視覚障害のある息子をこきつかって、小さな双子と借金を遺して他界——言葉だけだととんでもない母親に思える。

だが、どういう形がいい親なのか、なにが正解なのかという定義はない。

——少なくとも愛情はあったみたいだし、奇跡のように尊い紗由みたいな息子を育てたという点で、最高の母親かもしれないな。

生きていたら、セルジェイも「こんな素敵な息子をこの世に送り出してくれてありがとう」と言っただろう。

これが恋なのかどうか、まだわからないが、紗由のことを思うと闘牛に抱いていたものと似た熱量が胸をいっぱいにする。

闘牛士になりたいと思って学校の門をたたいたときと同じ。とてつもなく狂おしい感情。

記憶を失っていたとき、紗由から愛されたい、キスされたいと思った。記憶がもどったあと、どうなるのかと思っていたが、それは変わらない。

いや、それ以上だ。浄化されていくような心地よさと狂わされていくような危うさ。

ああ、俺が双子たちの本物の父親だったらどんなにいいか。そして紗由が母親だったら。

「俺も感謝しないとな、おまえの母親の嘘に」

セルジェイは紗由に近づき、後ろからその肩に手をかけた。

この先、どうなるのか。ずっとこのままではいられない。冤罪とはいえ、自分は犯罪者だ。しかも逃亡中の。スペインの警察に逮捕されるのも時間の問題だろう。ここにずっといるわけにはいかない。ミシェルの手術が終わったあと、ここを出ていかなければ紗由に迷惑がかかる。

「太陽も海もおまえだ。そしてフラミンゴが俺」

溶けあうというフランス語には、番う、媾合する、ひとつになるという意味も含まれている。濃厚なアイスと甘いソルベとがゆっくりと溶けてまざりあっていくように紗由を抱きたい。

「どうせなら、愛してくれないか」

神さまサイドの人間なら、その清らかな手で俺を救ってくれないか。

セルジェイは後ろから紗由を自分の腕に包みこんだ。

「愛して……ほしいのですか?」

こちらに背をむけたまま、紗由が胸の前の手に自分の手を重ねる。

「ああ」

耳元で囁くと、紗由が浅く息をするのがわかった。

愛されたい。そして溶けたい。この男に。

「はい、お待たせしました。ラズベリーのアイスです、どうぞ」

今日も陽射しがまぶしい。朝からいつものように、路線バスが通りかかるたび、飛ぶようにアイスが売れている。

笑顔でアイスを売りながらも、紗由の耳には昨日のセルジェイの言葉が響いていた。

――あのとき……そうしたいと思った。

セルジェイが祈るような声で言った。

『どうせなら、愛してくれないか』

愛したい、狂おしいほど愛してみたい……そんなふうに思ったのだ。

――母さん、これが恋なの？　ぼくは……あのひとを好きになってしまったの？

自分を滅ぼすような恋をしてきた母のエヴァ。あんなふうにならない。いや、きっとなれないだろうと思っていたのに。

太陽と海とフラミンゴが溶けあう永遠のアイス。フラミンゴアイスを見ていると、どうしたのか肌がざわめく。こんな感覚は初めてだ。

そして頭のなかはセルジェイのことでいっぱいだ。

マルシェワゴンの前から人の波がなくなり、一段落したころ、突然、シモンおじさんが現れた。

「紗由、話があるんだが」

ふらっとペンションの敷地から現れたので、珍しいこともあるものだと驚いた。

「暑いな」

サングラスをとり、シモンおじさんはハンカチで額の汗を拭っていた。

「なにか食べますか?」

「そうだな、それを。綺麗な色だ。カップで」

ガラスケースをのぞき、おじさんはフラミンゴアイスを指差した。ディッシャーでそれをすくってカップに入れる。

「ありがとう。コーンだと手を汚してしまうんだ」

冗談ぽく笑ったおじさんに釣られ、紗由も微笑した。

「あの男とはうまくやっているか?」

セルジェイのことだ。おじさんは彼のファンだったと母が言っていたが、今もそうなのだろうか。

一応、本物にそっくりの記憶喪失者を双子のパパがわりに家に住まわせているとおじさんには説明したのだが。

「うまくやってます。すごくいいひとで、双子たちからも慕われていて」

「そうか。身元不明の人間を敷地内に入れるのは不安だったが、まあ、双子が気に入っているというのなら」

「すみません、悪いひとではないと思うんです。そのフラミンゴアイスも彼がいろいろとアドバイスしてくれて」

「あの男……まだ記憶が戻らないのか」

「はい」

「そうか。それなら仕方ないな」

「なにかあの人に御用ですか？」

「いや……多分だが、あの男、本物のセルジェイ・ロタールだ」

おじさんも気づいていた。

紗由が笑みを消すと、おじさんは「紗由も知っていたのか」と苦笑した。

「記憶が戻らない方が幸せかもしれないな」

「あの……ネットでは彼は犯罪者だと出ていますが」

途中で数人客が来て、アイスを売っていると、おじさんはなにか話がしたそうで、マルシェワゴンを少し手伝ってくれた。

「彼は……マルセイユのスラム出身で、モルドバ出身の母親は娼婦だった」

「ご存じなんですか」

「ああ、彼のことなら」

ネットにない情報もあちこちからかき集めたらしい。

――本当に推しだったんだ。

そこまで好きだったとは知らなかった。

「パリでロシアンマフィアの愛人をしていたときにセルジェイが生まれたんだ」

おじさんは人がいなくなったのをみはからってそう説明した。

「母親はそのマフィアから大量のコカインを盗んでトラブルを起こしてマルセイユにやってきて別の組織に入ったんだ。アフリカ系フランス人のギャングだ。セルジェイはその新しい組織のところで、ヤクの密売人になるはずだったが、闘牛士になりたいと家出して」

セルジェイにそんな生い立ちが。知らなかった。

「幸いにも才能に恵まれ、ビセンテ・ロサーノという闘牛界きってのやり手の男の養子になり、スターダムをのしあがっていった」

三年前、アルルで正闘牛士に昇格したのち、セビーリャ、マドリードでの大きな大会で最優秀賞をとり、シーズンが終わるころには名実ともに「フィグラ」までのしあがり、その美貌、才能に注目が集まっていった。

しかしその次のシーズンの途中、母親やその情夫たちが名声に気づき、セルジェイに金の無心に現れるようになった。

最初はビセンテが金で追い払おうとしたらしい。

けれど彼らは別の取引をセルジェイに持ちかけたのだ。

冬場、闘牛士は季節がスペインとは反対の南米に興行に行く。

そのときに麻薬の密売ができないかなど、母親とその情夫たちがセルジェイに執拗に取引を持ちかけてきたのだ。闘牛の道具や荷物にまぎれこませ、南米からコカインを運んでいる闘牛関係者がいなくもない。

しかしビセンテが彼らをセルジェイに近づけまいと必死に守ろうとしたのだ。

「セルジェイは、闘牛界の至宝だったからね。ビセンテや私のように彼をこの世界の帝王にしたいと思うものもいれば、彼を邪魔だと思うもの、それから彼の巨万の富に目をつけるもの……いろんなものが彼をとりかこんでいた」

必死に彼がセルジェイを守ろうとした結果、ビセンテの家が放火されたり、何度も嫌がらせをされたりするようになった。

一年ほどすると、嫌がらせや脅しがどんどんエスカレートしていき、妻と娘が暴行され、娘はそのときのショックから自殺。ビセンテは破産寸前に。

セルジェイはこのままだとビセンテに迷惑がかかるとして、彼と決別することを決めた。

自由になりたいから養子縁組をやめたいと言って、わざとビセンテを遠ざけようとしたセルジェイだった。

だがビセンテから離れたとたん、セルジェイを守る人間はいなくなってしまった。飲み物に麻薬を入れられ、ふらふらになりながら闘牛に出た結果、大怪我をして入院。

再起不能と言われたセルジェイは闘牛界を引退しようとしたのだが、追ってきたビセンテに刺されてしまう。娘や財産を失ったビセンテは、無理心中をしようとしたそうだ。

「マフィアに薬物をうたれ、ふらふらのときにビセンテに刺されて……結果的に大量のコカインが血液から検出され、入院することになったらしい。そのとき、セルジェイは娘を暴行して自殺に見せかけて殺害したのは自分だと話したらしい」

「どうして……冤罪じゃないですか」

「どうでもよくなったのだろう。今年になって退院し、裁判を受けるため、移送される途中、脱走したらしい。残されたビセンテの妻に、セルジェイは隠していた自分の財産をとどけたあと、行方不明になって……おそらく復讐するつもりだったのだろう。セルジェイのことが気になって、一昨日、ビセンテの妻に会いに行ったんだが、そう話してくれたよ」

「それでセルジェイさんは南フランスに」

「そうだ、そこで事故で記憶喪失になったというのが私の推理だ」


——そうだったのか。それで。

マフィアに復讐するため、脱走してマルセイユにきたのだが、復讐すべき組織は、ロシアンマフィアの手により、すでに別の人間のものになっていて、母親も情夫も殺されていた。

セルジェイはその後、バスで事故にあって記憶を失ってここに倒れていた——というのがシモンの推理だが、紗由もそれが正しい答えだと思った。

「……どうしたのですか、これ」

シモンから話を聞いたあと、午前中の仕事を終えて、紗由が昼過ぎに家にもどると、そこに豪華な食事がならんでいた。

キッチンはぐちゃぐちゃだ。どうやらセルジェイが料理を作ったらしい。

ふわふわとしたジャガイモのオムレツ。ジューシーなイベリコ豚がたっぷりのったパエリャ。肉団子のトマトソース煮込み。それからサングリア。

「これ……あなたが？」

流し台の惨劇をみてみぬふりし、紗由はテーブルに並べられた料理をみわたした。ドヤ顔でエプロンをしたセルジェイが立っている。

レモンとオリーブの葉柄のそれは紗由のエプロンだ。

紗由は切ない気持ちでセルジェイを見た。

――あんな過去があったなんて。

それならずっと記憶を失ったままでいたほうが良かったのか。

いや、それで見つかって連れ戻されたら、もう彼は自由にはなれない。

ここで、匿うことができたら。

ここでずっと自分が彼を守ることができたら。

そんな思いが芽生えてくる。

「どうした？　あんまりひどいからびっくりしたのか？」

紗由の視線を勘違いしたのだろう、セルジェイは心配そうに問いかけてきた。

「いえ、あ……まあ」

「ネットで検索して作ってみた。きみが働いている間、家のことは俺がする。スペイン料理しか作れないが」

さらりとした前髪が額に垂れていたが、後ろのほうにのびた髪をハーフアップにしているのが、雑誌などで見かけるパリのモデルのようだ。

怪我をした右半分の顔には最初のときのように包帯もまかず、大きめの傷パッドでほおと額の傷を覆っているだけだ。

目の下の傷痕でまだ痛々しい。けれど、本人は気にしていなさそうだ。

「どうだ？」

「あ、はい、スペイン料理……すごい、初めてでびっくりしています」

「味見してくれ」

オムレツを一センチほど切ってフォークに刺して紗由の口元に持ってくる。

「おいしい……」

ほんのりと焦げ目のついたホクホクのジャガイモにオリーブオイルがしっとりとしみこみ、卵の濃厚な素材の味が心地よく口内にとろけていく。

噛み締めるうちに、じわじわとオリーブオイルのまろやかさがしみ出してとてもおいしい。胃が空腹感にきゅっと音を立ててしまう。

「腹減ってたんだ?」

「あ、はい」

紗由は照れ笑いした。

ああ、この時間が何て愛しいのだろう。そう思った。

このひとと笑っていたい。こんなふうに過ごしていたい。

――愛してくれ。

彼の祈るような言葉が耳に響くと、胸が痛くて泣きそうになる。

紗由は精一杯の笑顔を浮かべた。

「今度教えてください。ぼく、長い間、ちゃんと目が見えなかったから料理のレパートリーが少なくて。いろんな料理を知りたいです」

「ああ、スペイン料理も得意だし、アフリカ風プロヴァンス料理も得意だ。このクスクスのサラダ入りのトマトのファルシーとか」

「クスクスって？」

「デュラム小麦を使った世界一小さなパスタだ。これをオリーブオイルで炒めながら、パプリカときゅうりとグリンピースとをサフランで色付けして、中をくりぬいたトマトと絡めてなかに詰めていくんだ」

セルジェイは、トマトにクスクスを詰めたサラダを皿にのせていった。

「すごい、こんな綺麗な料理、初めて見ます」

「それはよかった。さあ、せっかくだ、外のテラスで食べよう」

「あ、ぼくが運びます」

彼は右足が悪い。杖をついている。そのくらいは自分がしなければ……と、紗由は料理をトレーにのせて運び始めた。

キッチンの前に、ちょうど日陰になったテラスがある。

寝室側と違って、キッチン側のテラスは、牧場に面していない。ラヴェンダーの花畑が広がっているので、とても美しい風景を楽しむことができる。

「ご飯の時間だよ。パスカルとミシェルは、ちゃんと手を洗ってきて」

「はーい」

「はーい」

ふたりが仲良く洗面所にむかったあと、紗由は今朝のうちに紗由が作っておいたシュー・ア・ラ・クレーム――シュークリームをならべた。

双子たちが食べやすいように、プティシューにして、なかに、生クリーム、カスタード、チョコレート、キャラメル、フランボワーズ、ブルーベリーを詰めたものを用意しておいたのだ。お菓子の皿を置いたあと、全員のグラスと水を用意して紗由がもどると、プティシューが少しだけなくなっていた。

「あ……苺入りのが」

ホイップクリームとカスタードクリームを二層にし、間に苺を入れておいたものが忽然と消えていた。

見れば、セルジェイの口元に生クリームが付いている。

食べたんだ……という顔で見つめると、彼がさっと視線をずらす。

紗由はくすっと笑った。

手を伸ばして、その口元のクリームをぬぐうと、セルジェイは紗由の手をとって指先をぱくっと口に咥えた。

「え……」

じっとこちらを見つめ、紗由の人差し指をしゃぶってくる。

紗由はドキドキしながら彼を見つめた。

近くで見ると、目が空のように青い。空を映しているせいなのか、それとも元々の色なのかわからないけれど。

雲ひとつない真っ青な空。初夏の明るい太陽の陽射しがふりそそぐ。無限に広がったラヴェンダーの花が揺れている。

テーブルに並んだスペイン料理、シュークリーム、それからガラスのポットに入ったサングリア。

まだ飲んでもいないのに酔ったみたいにほおが熱くなっていく。

愛されたいのですか？　愛していいですか？　もしあなたが望むなら、あなたが失ってきたものごと愛してもいいですか？

そんなふうに胸の中で問いかける。

――母さん……ぼく……反面教師にしていたはずなのに……やっぱり母さんの子供だね。それとも母さんがくれたこの目のせい？　だから母さんみたいに破滅してもいいくらい人を好きになってしまうの？

こんな気持ちになるなんて。こんな想いがつきあがってくるなんて。

彼はひとしきり紗由の指を舐めたあと、口から離した。

「あの……」

とまどいながら手を引っ込めた紗由に、セルジェイが淡く微笑する。

「もったいないから舐めた」

「……そ……そうですか」

「甘かった」

セルジェイは幸せそうに微笑した。

「シュークリームよりも甘くて……おいしかった」

真顔で言われ、紗由が硬直したとき、双子たちがテラスに出てきた。

「スペイン料理だ」

「わーい、わーい、パパが作ってくれたんだ」

席につき、食事をしていく。

セルジェイのとなりにはパスカル。向かいあう形で、紗由のとなりにはミシェル。まるで本物の家族のような気がして嬉しくなる。

「紗由、粉チーズをかけたほうがいい。作り置きしてあるので、明日も食べられるぞ」

肉団子のトマトソース煮込みに、セルジェイがささささっとチーズをかける。

「すごい、おいしい」

なんという味だろう。

オムレツも最高においしかったけれど、これは格別だ。口のなかに入れただけで、ホクホクのミートボールがホロリととろけ、小さくカットしたトマトの果肉入りソースと濃厚に絡み合って喉に落ちていく。

ちょっとピリッとしている隠し味はコリアンダーだろうか。白ワインも少しだけ入っているような気がする。

けれど素材そのもののおいしさも残っていてとてもおいしい。

いつもは少食のミシェルもパクパクと食べている。

「これ、なんの調味料を？」

同じものを作りたい。そう思って問いかけると、サングリアを飲みながらセルジェイは意地悪そうに笑ってウインクしてきた。

「企業秘密だ」

いたずらっ子のようなこういうところがとても可愛いと思う。

「ぼくも作りたいのに」

紗由が口を尖らせると、セルジェイはさらに口の端をあげて微笑する。

「おまえには無理だ。レシピは教えない」

「どうして」

「意地悪がしたいだけだ」

「えっ」

「ちょっと傷ついている顔が可愛い」

「セルジェイさん……」

やれやれと紗由は肩を落とした。

「そう、その顔も可愛い」

可愛いと言われると嬉しい。母が言っていたように可愛いは正義だと思った。それは造形がどうというのではなく、他人から可愛いと思ってもらえることに対して。

そこにあるのは純粋な好意からだというのがわかるから。

彼の笑顔。オレンジ入りのサングリアの赤紫色のグラスに太陽の光が反射してまばゆくて、紗由は目を細めた。

その背に揺れるラヴェンダーの畑。

そして楽しそうなパスカルとミシェル。

ああ、世界はこんなに美しかったのだと改めて実感し、世界が見えることに感謝する気持ちと同時に、このすべてを守りたいという気持ちが胸にあふれていく。

パスカルとミシェルの笑顔、セルジェイの笑顔。そのためなら、自分はなんでもする。なにを捨てても惜しくない。

ああ、どうすれば守れるのだろう。

ぽろぽろと大粒の涙を落としている紗由をかんちがいしたのか、セルジェイは「すまない」とあやまってきた。

「泣かせるつもりはなかった」

サングリアを置き、手を伸ばして紗由の目元を指先でぬぐってくる。

「どうしてあやまるのですか」

「意地悪なことを言った」

しゅんとしたように肩を落とすセルジェイに、紗由は涙を流しながら微笑した。

「じゃあ、ちゃんと教えてください」

世界が美しくて感動して涙を流したのだけど、あやまってくるセルジェイが愛おしくて、紗由はわざと彼のかんちがいを責めることにした。

「レシピは簡単だ。ひき肉、ニンニク、玉ねぎ、パン粉、ローリエ……」

「このあたりで売ってました？　そんな食材、なかったはず」

「ああ、シモンに全部用意させた」

突然の言葉に紗由はえっと眉根をよせた。

「シモンおじさんに？」

これまで彼が紗由に親切にしてくれたことは一度もなかった。

厄介な居候という扱いだったのに。

「本当に？」

それにさっきもそんなこと一言も言ってなかったのに。

「困ったことがあればなんでも言ってくれと言っていたので、電話をかけて、食材を全部用意させた。紗由をびっくりさせたいので秘密でと説明して」

「そう……ですか」

秘密……それでなにも言わなかったのか。

「あいつは俺の下僕になるそうだ」

「ええっ」

びっくりして問いかけると、セルジェイは「ああ」とうなずいた。

いつのまに、と思って尋ねようとしたが、セルジェイはイベリコ豚のパエリャを小皿にとりわけて、それぞれの前に差し出してくれた。

サフラン色に染まったライスの上にぎゅっと彼がレモンをしぼる。

――シモンおじさんは、彼が記憶喪失だと思っている。本物のセルジェイだけど、過去を忘れている、と。

スペインの警察に連絡する気はなさそうだ。それよりもここにいて欲しいのだろうか。彼にとってセルジェイは推しだったのだから。

じっとその手を見ていると、セルジェイが「早く食べろ」とせっついてくる。はっと我にかえり、紗由はあわててスプーンでパエリャをすくった。

「わあ、おいしい」

イベリコ豚のとろとろのうまみとサフランで着色されたライスがうまく合っている。カリカリに焦げた部分もとてもおいしい。

「これも教えてください。レシピ」

「米と、サフランとイベリコ豚とパプリカとローリエと、あとはローズマリーとオレガノ、そしてニンニクと最高級のオリーブオイル」

「なるほど。それでこんな味に」

「仕上げに俺のオリジナル調味料も」

「どんな？」

「食べる相手に魔法をかけるんだ。悪意を少々入れてスパイシーにして、下心を大さじ二杯くらい入れてまろやかさをだして、最後にエロい気持ちを大さじ一杯。おまえとしたいという欲望をふりかけて差し出す」

さらにパエリャを足して、セルジェイは小皿を紗由に差し出してきた。

「あの？」

紗由はきょとんとした。

「おまえに食べさせるため、最後にエロい気持ちを大さじ一杯」

楽しげに言うセルジェイの言葉が気に入ったのか、パスカルが大きなスプーンを手にうれしそうに彼の真似をした。

「エロい気持ちを大さじいっぱーい」

椅子の上でたちあがったパスカルは、そのままはずみで後ろに倒れ込みそうになった。とっさに立ち上がって腕を伸ばし、セルジェイが助けようとする。

しかし怪我をしているほうの右足に力を入れたせいか、彼がパスカルを抱きかかえるようにして地面に倒れこむ。

「セルジェイさんっ」

まさか。

大丈夫なのか心配して駆け寄ると、彼はパスカルを抱いたまま地面で目を瞑っていた。

「しっかりしてください」

驚いて伸ばした手を引っ張り、彼がいきなり目を開けて紗由を抱きしめる。パスカルを間にはさんだまま抱きあうような形になり、紗由は息をのんだ。

「今夜、ベッドに行っていいか？」

問いかけられ、あわてて紗由は身体を離して首を左右に振った。

「小さな子どもたちの前でそんなこと……言わないで」

「子どもたちの前でなかったらいいのか」

「……いえ」

紗由は首を左右に振り、席にもどった。


今夜ベッドに……。

それがどういう意味なのか、世間知らずの紗由にもわかる。

食器を下げたものの紗由がぼんやりとしていると、パスカルたちを連れてセルジェイがキッチンに入ってきた。

「パパ、ごめんね」

パスカルが泣きながら謝っていた。

「いいさ。その代わり、パパにしたがうんだ」

「したがう？」

「そう、おまえたちは今から昼寝だ。お利口さんに寝てろ」

パスカルとミシェルはすっかりセルジェイになついたようだ。

記憶を失っていたころは紳士的だったのに、記憶がもどってからは俺様になってしまったけれど、そういうところもパスカルとミシェルは気に入っているように思う。

彼が寝ろと言えば昼寝をし、彼が勉強をしろと言ったら絵本を読む。

それから彼が掃除をしろと言ったらちゃんと遊んだものを片付ける。そしてそれまでお漏らしをよくしていたのに、セルジェイに教えられてから自分たちできちんとトイレができるようにもなった。

あとは歯磨きも、入浴も。

「あいつら、寝たぞ」

「ありがとうございます」

紗由が食器を洗っていると、後ろからセルジェイが抱きついてきた。

「料理以外も家のことはする。だからベッドに行っていいか」

耳元で囁かれ、ドキドキする。後ろから耳へキスされそうになり、あわてて紗由はふりむき、彼にスポンジを手渡した。

「じゃあ、皿洗いを」

「皿洗い？　できたらベッドに行っていいのか」

どうしてそこに結びつけるのか。

「……とにかく洗ってください」

「……っ」

しかし彼は料理と違って皿洗いはできないようだ。立て続けにグラスを割ってしまった。

「あっ、グラス」

「物質はいつか壊れるものだ、気にするな」

「わかりました。皿洗いはしなくていいです」

「わかった、では、シモンに食洗機を用意させる」

「いいですよ、ぼくが洗いますから」

「いや、そうする」

シモンおじさんからもらったというスマートフォンを手にとり、セルジェイはメッセージアプリを使って食洗機をプレゼントしろというメッセージを送ったらしい。

「本当に送ったんですか？」

「ああ、夜には届けてくれるそうだ」

「すごい……あのおじさんが」

シモンおじさんがどうしてそんなことを。彼はケチで、せこくて、母の話だとアイスクリームひとつ買ってくれなかったそうだ。今朝だってタダでフラミンゴアイスを食べたように思う。

「では掃除をしようか」

「モップで。あ、いえ、足が悪いから掃除もけっこうです」

「じゃあ、お掃除ロボットも用意させよう」

セルジェイはまたメッセージを送った。

「明日、届けてくれるそうだ」

「すごい」

「では、洗濯を」

しかしセルジェイが洗濯をしようとすると、洗濯機が泡で爆発したようになってしまった。

「あの……洗剤」

「え……どうしてだ」

「洗濯もしなくていいです」

「わかった、洗濯係を一人よこしてもらおう」

また彼がメッセージを打つ。

「よかった、明日からメイドをひとり、こちらによこしてくれるそうだ。掃除も洗濯も炊事も彼女がやってくれるらしい」

「本当に？」

「ああ」

スマートフォンを充電させ、セルジェイはカウンターの椅子に座った。

「シモンおじさんにすっかり気に入られているんですね」

紗由は二人分のカフェを用意した。いつの間にか冷凍室に入っていたピスタチオとフランボワーズとバニラがトリプルマーブルになったアイスを彼に差し出す。

「これもシモンおじさんが？」

「ああ」

シモンおじさんは本当にセルジェイが好きなのだ。闘牛士のセルジェイ・ロタール。この人はどんな闘牛をしたのだろう。見てみたい、と思った。

家族を犠牲にしてもセルジェイを命がけで守ろうとしたビセンテという養父。無理心中までしようとした。それからシモンおじさん。

彼らにとって、セルジェイはどんな存在なのか。

「信じられない……双子たちがアイスを食べたいと言っても、絶対に買ってくれたことがなかったと母が言ってたのに。どんな魔法を使ったんですか」

「エロい魔法」

「えっ……」

「冗談だ、いくら俺でもあいつを抱く気にはならない」

さあ、食えと示され、うっすらと口を開けると、信じられないほどおいしいアイスクリームが口の中で溶けていく。なんて甘くておいしいのだろう。ピスタチオのつぶつぶもフランボワーズの甘酸っぱさも泣きたくなるほど甘くて素敵な味をしている。

「ありがとう、セルジェイさん」

「どうして礼なんて」

「いえ……」

このひとは何のために脱走したのだろう。この先、どうするつもりなのだろう。

愛してほしいと言った彼。愛したら、彼はそのあとどうするのだろう。ここで永遠に匿えないだろうか。ああ、どうしたらいいのだろう。不安が胸を覆う。

彼とのこの時間が永遠に続くにはどうしたらいいのか。

逃亡者と知りながら匿っているとしたら？

それとも彼が記憶喪失のまま、ここにいてもらうという茶番につきあい続けるのか。

タイムリミットは十日先だ。それまでに紗由はミシェルの入院手術費をもっとかき集めなければならないし、母の借金も返さなければならない。

こんなことを考えている余裕はないのに。

それなのに気がつけば、四六時中、セルジェイのことを考えている。

「セルジェイさん……ぼくは」

「愛してくれるか？」

愛して――――。

その祈るような言葉が胸に痛い。愛したら、ずっと一緒にいられますか？　愛したら、ここで笑ってくれますか？

愛したら、ぼくたちのセルジェイでいてくれますか？

ビセンテさんやシモンおじさんが好きな闘牛士のセルジェイがどんな存在なのか、紗由にはわからない。わかっているのは、ここで一緒に過ごしているセルジェイだ。

そのセルジェイでいてくれるなら。このままでいてくれるなら。

「愛したいです」

はっきりと紗由の口からでた言葉にセルジェイは救われたような顔をした。そして紗由の前に膝をつき、縋るように胸に抱きついてきた。

「愛してくれ……そして俺を助けてくれ」

ああ、やはり救いを求めているのだ。そう思うと抱きしめずにはいられない。愛したい。命がけで愛したい。ビセンテやシモンおじさんとは違う。闘牛士ではなく、ここにいる無防備なただの人間のセルジェイ。フラミンゴのように海と空に溶けたがっている存在。

一瞬を永遠にしたいと願っている傷ついたひとりの人間。

「愛していいですか？」

抱きしめながら問いかけると、腕のなかでセルジェイが震えた。

「愛してくれるのか？」

紗由をじっと見あげる彼の、祈るような眼差しが愛おしい。見ているだけで涙が出てきた。

「その涙の意味は？」

紗由は首を左右に振った。

「これはただ愛しくて。あなたが愛しくて。あなたを愛していいですか？」

「いいのか？」

「ぼくが守ります、あなたを。だからここにいて。ずっとここに」

ここにいて――という言葉にセルジェイの返事はなかった。多分、そのつもりはないのだろう。出ていく気でいるのだ。

答えの代わりに抱きあげられ、彼の寝室のベッドに移動して、求められるまま彼の動きのすべてにしたがった。身につけているものを脱ぎ、彼の身体の内側で互いの肌のぬくもりを追いかけっこするように絡みあって求めあう。

「……っ」

唇で首筋や乳首を吸われると、肌が痺れたようになってしまう。うなじ、背中、胸、腹部……とあますところなく彼は紗由の肌を味わおうとしている気がする。

「紗由……すごくいい匂いがする」

まさかそんなこと言って、性器を口にふくまれてしまうなんて夢にも考えなかった。アイスクリームを舐めるときのように、舌先で彼が紗由の性器を弄ぶと、たちまち形が変わってしまう。とろっとしたものがそこから出て、それを彼が舐めとることのくり返し。その舌先の刺激に、紗由の腰はよじれ、膝がもぞもぞとしてしまう。

「ん……っ」

恥ずかしい、自分が自分でなくなってしまうのが恥ずかしい。それでもセルジェイを愛したくて、紗由はその肩に爪をたて、彼から与えられるものすべてを全身で感じとろうとする。

愛したい、セルジェイを愛したい……。

「大好き……セルジェイさんが……」

たまらずそう口にすると、彼の声が静かにかえってきた。

「俺も、俺も紗由が好きた。家族でいる間だけでいい、毎晩、こうしてもいい？」

いい？　なんて訊かないで。

毎晩、なにも言わず、あなたの好きにして。あなたが抱きたければ抱いて。あなたが愛されたければ愛されたいと訴えて。

乳首にキスされるのも嬉しい。舌先でとろとろに性器を蕩かされるのも好き。どうしてなのかよくわからないけれど、あなたの手がぼくの後ろをほぐしている感触になぜか胸が甘く疼く。

クチュクチュと濡れたような音が耳に触れるたび、じわじわと肌が熱くなって汗ばみ、腰のあたりがむず痒さでどうにかなってしまいそうな感じもとても心地いい。

「ぼく……何でもするよ……何でもするから」

そう口にしたとき、足がひらかれ、その間に彼が入ってきた。重みを感じながらその背に腕をまわしたとき、ぐぅっと自分の内側に挿ってくる存在を感じた。

「あ……っ……あっ」

ピリッとした痛みと重苦しさに圧迫されるのを感じながらも、そうして彼が自分のなかに挿ろうとしているのだと思うと、愛しさと嬉しさで泣きたくなった。

ぼくのなかにずっといればいいのに、そうしたらずっと匿っていられるのに。

そんな埒もない想いが胸に広がるのを感じながら、紗由はセルジェイの背に腕をまわして、彼がもっともっと自分のなかに挿ってこられるよう、懸命に腰を近づけた。

「何でもするのか、俺のために」

紗由の背に腕をまわし、彼がひきよせると、さらに体内のものが内臓を圧迫する。そうして自分のなかが彼でいっぱいいっぱいになっていくのが嬉しい。

「する……何でも」

「ここにいてほしいから？」

問いかけられ、紗由はうなずいた。

「いてほしい……でも……なによりあなたに生きていて……ほしいから」

「……っ」

その瞬間、ぽとっと彼の眸から涙のようなものが落ちてきた。いや、汗かもしれない。それがどちらなのかたしかめる余裕もなく、突きあげられ、紗由は背をよじらせて声をあげた。

「ああ……あっ」

彼がいる。自分の中に。それが嬉しい。ふれあっている細胞のひとつひとつの襞の隙間に彼が溶けてしまったらいいのに。

太陽と海が溶けあうように、永遠にひとつになれたらいいのに。

6　紗由とセルジェイ――光と影

それからは毎日がとても楽しかった。

いつか離れてしまうという切なさにだけ目を瞑れば、最高に幸せな日々だった。

セルジェイがきてから、パスカルは大好きな昆虫採取をして、毎日絵日記をつけるようになった。

それをセルジェイに見せるのが楽しいのだ。

ミシェルはそろそろ入院して手術の準備をすることになり、それまでの間、セルジェイにたくさん本を読んでもらっていた。

「双子でも全然違うんだな」

健康なパスカルと病気がちなミシェル。セルジェイは紗由が気づかないような細かなところにも気づいてくれる。

――このままずっとこうしていられたら。

そう思っていたが、そんなある日、困ったことが起きてしまった。

母のエヴァが事故を起こした相手から、治療費の請求が上乗せされてしまったのだ。

かかる費用はこちらで――ということになっているが。

どうしよう、そんなことって。


かろうじて救いなのは、セルジェイの怪我が思ったよりも軽く済んだことだ。

「はい、抜糸も終了」

翌週、セルジェイが病院に行くとカロリーヌ先生がそう言った。

「よかった」

紗由はホッと胸を撫で下ろした。

ミシェルは今日から手術の日まで入院することになっている。

「さみしいな、パスカルとパパとさゆにいちゃんに会えないなんて」

せっかく本を読んでもらっていたのに――とがっかりしているミシェルに、セルジェイは毎日本を読みにくると約束した。

「明日から、毎日、見舞いにくる。紗由は仕事で大変だけど、その分、俺が」

「本当に？」

「ああ、車でもかりて」

と言って、セルジェイはハッとした。

「そうか、俺は記憶喪失の身元不明者だったな」

「ええ」

紗由は苦笑した。免許証がなければ車に乗れない。紗由も免許を持っていない。

「わかった、馬を借りてこよう」

「わーい、じゃあ、パスカルも一緒に」

ミシェルの病室でみんなで話をしていると、紗由は事務員から呼ばれた。

そっと廊下に出る。

「紗由、ここの会計だけど」

金額を見て心臓が止まりそうになった。セルジェイは保険にも入っていないせいもあるが、完全に足りない。

「困ったことになってるんだろう。たてかえておくよ。母親の損害賠償も私が何とかする」

事務局に現れたのはヤニック神父だった。

「でも恋人には……」

ヤニックは苦笑した。

「結局、あいつと……できたのか」

紗由は正直に答えた。

「あのひとのことが好きだから」

「清純そうな顔をして。たいしたタマだな、知ってるぜ。あいつ、犯罪者なんだろう。セルジェイ・ロタール。スペインのニュースになっていた、行方不明になって、そのまま事故で死んだかもしれないって。ここで生きていることがわかったら、大変なニュースになるぞ」

「……っ！」

「聖職者として黙ってはおけない。すぐにスペイン警察に連絡しないと」

「待って、それは。せめてミシェルの手術までは待ってください。あなたもこちらの事情はわかりますよね」

「そっちの都合だけを押し付けないでくれ。私がどれほどきみに投資していると思うんだ」

このままあと少しの間、平和で幸せな時間が欲しかった。

「わかりました。あなたの愛人になります。いくらでもなりますから」

いつになく紗由はきっぱりと言った。

少なくともこういえば、彼はだまってくれるはず。

それまでの間にシモンおじさんに相談しよう。セルジェイを守るにはどうすればいいのか。ビセンテの奥さんが冤罪を証明してくれないか。その証拠はないのか。


その翌日から、紗由がマルシェワゴンで働いている時間帯、セルジェイがパスカルを連れて病院に行くことにした。

「すごいですね、その馬、乗りこなせるなんて」

午後、牧場の厩舎の前で、仕事から帰ってきてマルシェワゴンに花の飾りをつけたりクッションを置いたりして支度をしていた紗由は、白い馬に乗るセルジェイとパスカルを見て驚いたように声をあげた。

「おまえも乗れるじゃないか」

「ええ、だいぶ時間がかかりましたけど」

病院のあるサントマリードラメールの街で、今日は祭りがあるらしく、セルジェイとパスカルは民族衣装を身につけていた。

「かっこいいです」

「当然だ。ところでおまえこそ、なんだ、その格好は」

「あ……これ、シモンおじさんに言われて、グラウンドの掃除を」

紗由は牧童のようなエプロンをつけ、バケツを手にしている。

シモンおじさんになんでもいいから仕事がほしいと頼んだ。それからセルジェイのことも。

『彼の冤罪を証明し、闘牛士にもどしてください。ぼくは、そのためなら何でも協力します』

そう伝えた。それが自分の愛だ。彼を元の世界に戻し、そこで輝いてほしいと思う気持ち。

遠くからでもそれを見守ることができたら。

ヤニック神父の愛人になっても、彼を「推し」として愛していくことができたらそれでいい。

「掃除って？　こんな炎天下に？」

セルジェイが不思議そうに問いかけてくる。

「ええ、仕事を増やしてもらったんです」

「午後からはいつアイスを作るんだ」

「ああ、今日は午後十五時から。その前にグラウンドの掃除を」

「まだ四時間ある」

「はい、ですからその間に」

「だったら、病院に行こう」

「ええっっ！」

驚いた紗由の手を引っ張り、となりの馬に乗せると、ひょいとパスカルを紗由の方に座らせる。

「見舞いも入れて、一時間で往復できる距離だ。行こう」

「でも仕事が」

ちょうどそのとき、シモンが車に乗って現れた。運転手付きの黒のベンツだ。

「どこに行く、紗由の仕事は」

シモンが車から出てくる。ストライプの派手なスーツを身につけていた。

「ミシェルの見舞いだ。紗由の仕事は午後からのはずだ」

「だが、グラウンドの整地や牧草の手入れが」

「そんなものは、あんたのところの牧童にやらせろ」

セルジェイが命じると、紗由は「いえ、ぼくはやっぱり」と馬から降りようとした。しかしセルジェイは腕を伸ばして、紗由が動くのを止めた。

「ダメだ、紗由は病院に連れていく。いいな？」

命令口調で言うと、シモンは「わかったよ」と葉巻を口に咥えながら肩をおとす。

ラヴェンダー畑に朝日が降り注ぎ、フラミンゴたちが湖面で戯れている。

「なら、やってくれ」

「無理だ」

「頼む、一度でいい、見せてほしい。今からティエンタスをする。だからそこで」

シモンは必死な様子だ。ティエンタスというのは、紗由も知っている。母牛選びだ。闘牛の牛のため、獰猛で頭がよく、気性の激しい母親牛を選び、闘牛用のいい牛を産ませるのだ。それを選ぶために、シモンはセルジェイに協力してほしいとたのんでいるのだ。牛が持っている性質を暴き出すことができるのも一流闘牛士の才能と言われている。

最近、闘牛について勉強し、紗由はそんなことも理解できるようになっていた。

「では条件がある」

セルジェイは馬から降りた。

「条件？」

「今日のティエンタスをやってやる。一回だけだ。俺は十三時までにミシェルの病院に行く必要がある。だから三十分だけ」

「それでもいい」

「その代わり、病院での俺の治療費をあんたが払ってくれ」

「ああ、もちろんだ」

「では、今からやる」

セルジェイは足を引きずりながら、グラウンドにむかった。

パスカルが嬉しそうに問いかける。

「パパ、闘牛、するの？」

「闘牛じゃないが、母親牛を選ぶのを手伝う。この足では無理だからな」

上半身、裸になり、セルジェイはペットボトルの水を頭から自分にそそいだ。滴る水が太陽を煌めかせ、彼の美しい筋肉の上へと流れ落ちていく。

「美しい」

シモンが紗由の肩に手をかける。

「紗由……あの男を闘牛界に戻すことができたら」

シモンは、グラウンドでピンクの布を手に、牛を動かしているセルジェイを見ながらボソリと言った。

「ぼくもそれが一番だと思います。でもどうすれば。ぼくは……そのためなら何でもするのですが」

「紗由……それならひとつ、私に協力してくれないか」

「いい考えがあるのですか」

「ああ、ただひとつだけ。紗由、やってくれるか」

■■■

「紗由、その手、どうしたんだ」

紗由の腕や肩に怪我があることに気づき、セルジェイは眉をよせた。

「ああ、転んで」

「ほおも赤い。誰かに殴られたのか」

「まさか。大丈夫です。では、マルシェワゴンでアイス売ってきますね」

いつも通りにしているが、あきらかになにかあったように感じる。

あれが原因だろうか。

この前、病院でミシェルの手術費用の話を聞き、紗由は困った顔をしていた。

神父のヤニックが肩代わりすると、カロリーヌ先生に話しているようだが、どうやらその条件というのがとんでもない契約らしい。

——あのエロ神父、紗由を愛人にする気だ。

そんなことはさせない。だが自分にそれだけの金はない。

どうしたものか。俺が身売りするわけにはいかないし……と悩みながら白い馬を鞍につけていると、またシモンが現れた。

「セルジェイ、闘牛の件だが」

「無理だ、復帰する気はない。俺はお尋ねものだぞ」

「その件なら何とかする。冤罪だという話は知っているんだ。ビセンテの妻に証言とビデオの提出を求めている。彼女さえ説得できたら」

「本当に？」

彼女は娘と一緒に暴行された。名誉のため、それを口にする気はなく娘だけセルジェイに暴行され、殺されたと警察に嘘の証言をし、セルジェイも「そうだ」と答えた。ビセンテの妻へのせめてもの贖罪として。だが彼女が証言してくれるなら冤罪を晴らすことができる。

「ミシェルの手術が終わったら自首するつもりだったが、それで冤罪を晴らせるなら。少しは刑期を短くすることができるか」

「捜査をやり直すことができたら、きみが刑に服す必要はなくなる」

「そうなればいいが」

「だからセルジェイ、闘牛士として復帰しないか」

「それは嫌だ」

もう戻りたくない。あれほど大きな犠牲を払った世界に戻る資格はない。ビセンテの一家をめちゃくちゃにしてしまった。

「だが、これは紗由の望みだぞ」

「え……」

「紗由はきみをもどるべき場所にもどしたい、だから冤罪を晴らすために何とかしたいと私に頼んできたんだ」

紗由が————そんなことを。

「紗由の熱意がビセンテの妻の心を動かしたんだ」

「え……」

「昨日のことだ」

シモンはセルジェイに動画を見せてくれた。

シモンの牧場の防犯カメラに映っていた動画だ。

そこに写っているのは、紗由とビセンテの妻だった。セルジェイがミシェルの見舞いをしている間にシモンがここに連れてきて、紗由に会わせたのだ。

二人の会話は聞こえてこない。動画には表情しか映っていない。

紗由が必死になにかを訴えているが、ビセンテの妻は最初のうちは頑なに冷たい態度をとっているようだった。一度、紗由のほおをたたき、地面に倒れこむ姿が映っていた。

それでも紗由は彼女に懸命になにかを訴えている。地面に手をついて。

そんな紗由を彼女は靴の裏で踏みつけた、何度も何度も。憎しみを込めるかのように。いいかげんに腹が立ち、シモンに動画を返そうとしたそのとき、少しずつビセンテの妻の表情がやわらぎ、いつのまにか紗由の前に膝をつき、号泣し始めた。そんな彼女の肩に紗由が手を伸ばすと、彼女はなにかを求めるかのように紗由を抱きしめていた。

「これは……どういう……」

「ビセンテの妻を動かすのは、真実の愛しかないと思ってね。紗由に説得をたのんだんだ」

「紗由が説得を……」

殴られ、蹴られても、懸命になっていたのはセルジェイのためだったのか――。

「どうして……どうしてこんな」

胸が痛い。彼の愛が痛い。こんな自分なんかのために。彼の愛が大きすぎて、深すぎて、助けられてばかりの自分に腹が立ってくる。

「きみを闘牛士にもどしたい。きみの輝いている姿を見たい。才能を生かしてほしい。紗由はそう思っているんだ」

その話を聞いているうちに苛立ちがマックスになる。

彼に守られてばかりの自分に。彼から愛されているのに、死ぬことしか考えていなかった自分に。

――バカなやつ。本当に何度俺にそう思わせるんだ。

天使すぎる。聖母すぎる。だから負けた気がするのだ。彼には覚悟ができている。愛のためなら、すべてを犠牲にできる覚悟。

――俺にはそれがなかった。それが足りなかった。

闘牛士になって命がけで闘いたい、生きるか死ぬかの瀬戸際でギリギリのところで魂を昇華させたい。そう思っていたが、まだまだ覚悟が足りていなかった。

才能に溺れ、容姿の美しさに溺れ、生と死をかけることの本質がわかっていなかった。だから誰も守ることができなかったのだ。自分自身さえも。

「紗由の訴えで、少しだけ心が動いたようだ。まだどうするか悩んでいるようだが」

「それなら、ビセンテの妻には俺からも証言を頼む。ミシェルの手術の前の日、彼女をもう一度南フランスに招待してくれ」

　そうだ、自分も本気を見せてやる、本気でこの手で未来をとりもどしてやる。

「セルジェイ……それはどういう」

「それから、紗由たち三人をあんたの養子にしてくれ」

「私の？　妻に反対されそうだが」

「妻くらい説得しろ。冤罪が確定したら、紗由と結婚してここで暮らす。手術の前に、彼にプロポーズするつもりだ。それでも説得できないというのか？」

「ええっ、本気か？」

　シモンの目が輝く。

「そうだ、そうなれば、俺はあんたの義理の息子になる。どうだ？」

「最高だ」

　ああ、神よ……とシモンが喜んでいる。

　闘牛界の外の人間から見れば、シモンは頭のおかしいやつに見えるだろう。

　だが、闘牛界にいたセルジェイにはわかる。これは、典型的な闘牛フリーク《バカ》オヤジだということが。

　彼らは命懸けで闘牛を愛している。自分たちが最高だと思ったマエストロのためならなんでもする。

　さらにマエストロは彼らにとって神だ。推しというよりも神。だからシモンにとってセルジェイは神なのだ。

「それから金を稼ぎたい。ミシェルの手術代、紗由の母親の損害賠償金を」

「それなら私が払うことに」

「いや、俺が働いて支払う」

それが俺の愛だ。俺の誠意。自分の力で紗由を守りたい。ただそれだけだ。

「働いてって」

「闘牛をする。それしかねーだろ、俺にできることは」

「ほ……本当に？」

果たしてこの足で闘牛ができるのか。だが、それ以外に自分には金を稼げる手立てはない。一回の興行の最高金額のギャラを請求してやるつもりだ。

「ただし、ウニコで。牧場の牛はあんたのところだけ」

「ウニコ、私のためにウニコをしてくれるのか」

「ああ」

「おおおお、神よ」

シモンが失神しそうなほど喜んでいる。

闘牛は、一日の闘牛大会で、六回行われる。一人のマタドールにつき、一頭の牛。だいたい三人の闘牛士が出場し、交代で二回ずつ闘牛をおこなうのだ。三人が二回。合計六回。

だが、時々、二人の闘牛士が三回ずつ、闘牛を行うときもある。

一騎打ちという試合だ。一対一で、勝負する形になるので、実力と人気が近いものどうしでタッグを組むことが多い。

そして、今、セルジェイが提案した「ウニコ」――これは、一人のマタドールが六回闘牛をすることをいう。

ウニコとは、unico。一つ、一人という意味だ。

一日に二頭を相手にするだけでも精神の疲労は凄まじいのに、その三倍だ。

六頭というと、とてつもない精神力と集中力を必要とする。

「ただし、セルジェイとしてではなく、紗由の名字――カステル家の人間として、リュカ・ド・カステルという名で。ポスターにそう名前を書いてくれ」

「リュカ?」

「俺のフランス名だ。名乗ったことは一度もない」

カステルのところのリュカという意味になる。こうすれば、すぐに警察がここにくることはない。

ミシェルの手術までに逮捕されるわけにはいかない。それが終われば自首し、冤罪だと主張するつもりだ。

「それはいい。まったく別人だ。だが冤罪を晴らせるよう協力する。だからどうか紗由と結婚してくれ」

「そのつもりだ。代わりに、あんたは紗由を我が子のように大事にする。ミシェルとパスカルもだ。いいな?」

「ああ、もちろんだ、誓う。その代わり、闘牛のときの付き人は私にやらせてくれ」

もう一度できるかどうか。だが、紗由のためにやる。そう決めていた。それが自分の彼への愛だ。

愛を教えてくれた彼への。

――ビセンテの奥さん、恨む相手を間違えていたことに気づいたと言っていた。あと少しで心を開いてくれそうだ。

パスカルが眠ったあと、外に出ると、ちょうど日が暮れようとしている時間帯だった。

夕陽を浴びたラヴェンダー畑がオレンジ色に染まる一方、フラミンゴたちのいる湖の上空はうっすらと紫がかった夜の帷に包まれかけている。

「今日は、このアイスがいい」

セルジェイがアイスをカップに入れて持ってくる。とても暑かったので、チョコミントとレモンのソルベがとてもおいしい。

「あのオヤジ、おまえとパスカルとミシェルを養子にするってさ」

セルジェイはそう言うと、アイスをまたスプーンですくって今度は自分がペロリと口にした。

「だからもう神父の愛人にならなくていい」

「それ……知って……」

「ああ」

「でも、母の借金とミシェルの手術費はぼくの……」

「それは俺が払う」

セルジェイはそう言って紗由の肩に手をかけた。

「どうやって」

「その前に質問。紗由、おまえは何歳だ」

「もうすぐ十八に」

「将来は？」

「グラシエを目指しています」

アイスクリーム職人になりたい。そしてたくさんの人の幸せな笑顔が見たい。自分の人生を考えたことはなかったが、セルジェイと出会ってそう思うようになった。

「俺は自首する。もし俺の冤罪が晴れたら結婚しないか」

「え……」

「永遠にパパでいたい」

「待ってください、結婚だなんて」

「シモンのおっさんは、俺がおまえと結婚するなら、おまえたち三人をまとめて養子にしてもいいと言ってる」

「そんな……どうしてそんなことを」

「まあ、いいじゃないか。だから結婚しよう」

「待って……」

「いや、なのか？」

「でもお金のためにそんなこと」

「金のためじゃない、愛のため」

「愛……」

「俺が働くことにした。その代わり結婚してくれ」

「え……」

突然のプロポーズに紗由は意味がわからず目をぱちくりさせた。

「どうして……」

「愛してくれると言ったじゃないか。何でもすると言っただろ」

「え……ええ」

「だから結婚してくれ。俺の本当の家族に」

「い……いいんですか」

「そう、だから家族に必要な金は俺が稼ぐ」

「でも……」

「一日だけ働く。その報酬で払う。手術代も損害賠償も払えるはずだ」

「一日で？」

ああ、とセルジェイはうなずいた。

初めて見る優しい笑顔だった。透明な、それでいてすべてから解放されたような自由な笑顔。

「闘牛をする。来月のサントマリードラメールの祭のとき。ミシェルの手術の前日に」

セルジェイの言葉に紗由は目をみはった。

「え……でもセルジェイ・ロタールは……」

「無名の若者として復帰する。おまえのために」

◆

そしてついにその日がやってきた。

ミシェルの手術の前日だ。

場所は海沿いのサントマリードラメールの闘牛場。

久しぶりに血がさわぐ。

セルジェイは今日命がけで闘うのだと考えだけで、急に身体がふるふるとふるえるのを感じた。この心地よさ。この恍惚。久しぶりだ。

そう思うと、やはり自分はマタドールという仕事があっているのだ、好きなのだという実感が湧いてくる。

「着替えは……紗由、やってくれ」

約束していた通り、紗由が彼の着替えと剣を渡す係をすることになった。

ミシェルとパスカルはカロリーヌ先生が闘牛場に連れて行っている。その隣の席にビセンテの妻も招待した。来てくれるかどうか。

着替えは、通常はホテルで行われるのだが、セルジェイのたっての希望で紗由の家の寝室で行うことにした。

紗由は教えられたとおり、ケースから衣装をとりだす。手伝いがしやすいように、白いざっくりとしたシャツにベージュのチノパン姿だ。

この衣装はシモンが用意してくれた。

衣装だけで三十万ユーロはするだろう。

色は海と太陽が溶けるときの色にした。そして金色ではなく、キラキラとしたラヴェンダー色の糸で刺繍をしてもらった。

この色にしたのは、太陽と海とが溶けあう色を美しいと言った紗由への愛を込めて。白ではなく、この色こそ自分が無罪であること、紗由の魂の清らかさを物語っていると思ったからこそ。

そして何よりこの場所から生まれ変わるという気持ちからだ。

祭壇がわりのテーブルには、ムリーリョの聖母の絵をかざった。その絵の前に並べられた蠟燭に紗由が火を灯すと、薄暗い寝室が淡い光に包まれる。

ベッドに衣装を並べた紗由の前に、セルジェイはシャワーで身を清め、裸身でたった。

闘牛士は、自分で衣装は身につけない。

衣装係――モソ・デ・エスパダが一からすべて着せてくれる。

白いブラウス、黒いネクタイ、ピンクのソックス、ズボン、ベルト、そして最後に上着を身につけていくのだ。

ひとつひとつ、たった一人の衣装係の手で。

闘うためのこの衣装は、聖なる儀式のためのもの。死に装束になるかもしれない。華麗であり、無防備なこの衣装。いつ殺されても仕方ないような。

何度か練習したおかげか、紗由が身につけてくれる衣装は、これまで誰につけられたものよりも体に綺麗にフィットする気がした。

「紗由……生きて帰ったら俺と結婚してくれ」

着替え終えると、セルジェイはケープを腕にかけて紗由に言った。

「生きて……って」

「闘牛は命をかけた芸術だ。今日、死ぬ可能性もある」

「そんな……でも、シモンおじさんは、あなたが死なないように牛のツノに細工をすると」

「そんな卑怯なことをする気はない。そんなことをしたらシモンを殺すと言った」

「卑怯なんですか？」

紗由は何も知らない。

実際、そんなことをしている闘牛士は多い。だが、セルジェイは一度もしなかった。

死の覚悟がなければ、闘牛はない。

「命には命を。牛を殺す以上は、俺も自分の命も捨てる覚悟がないと」

「そんな」

「だから愛するものの手で、衣装をつけてもらいたかった。プロポーズの返事は生きて帰ってきたときに」

そう言うと、セルジェイは紗由に背をむけた。

「待って」

紗由が後ろからセルジェイに抱きつく。

背中に触れた彼の感触に、これまで感じたことのない胸の高鳴りを感じた。

「いや……行かないで」

紗由が泣いている。その姿が鏡に映っていた。セルジェイは口元に薄笑いを浮かべていた。

「復帰しろと言ったのはおまえだ」

「だって死ぬなんて知らなかったから」

ひっそりとしたプロヴァンス風の建物のなかの寝室。

紗由が作ったキルトのベッドカバー。雨戸とカーテンを閉めて暗くした部屋のテーブルには、ムリーリョの絵と蠟燭の火。

そして壁には自分の三年前のポスター。けれどここにいる自分はそれ以上に最高に美しい。そんな自分の背にしがみつき、愛しい相手が泣いている。

現実の聖母、天使。

「お願い、行かないで。ぼくのために……命をかけるなんて……」

「おまえのためじゃない」

セルジェイは胸の前で組まれた紗由の手に自分の手を重ねた。

「セルジェイ……でも」

「俺は俺のために闘う。おまえが好きだから、おまえの愛がなかったら復帰をしようなんて思わなかった。多くのひとを傷つけ、めちゃくちゃにして……」

「……っ」

「だが、わかった。これが俺なんだ。俺がしたくてしている。それを教えてくれたのは、紗由、おまえだ。あの日俺を見つけて拾って、命を与えてくれた。死ぬつもりだったのに」

「でも……」

「あの日から生きてはいたけれど、ちゃんと生きてはいなかった。けれど紗由、おまえを好きになって、ここにいたいと思うようになって、俺はなんのために生きたいのかようやく知った。愛のために生きたい。だから闘牛場にいく」

「愛のため?」

「愛する相手に最高の自分を見せたい。生と死をかけた大好きな世界を愛する相手の目に焼き付けたい。おまえの、その見えるようになった目に」

「……セルジェイ」

泣いている。それがとてつもなく愛しい。

なんという心地よさ。なんという恍惚。そうだ、こうでなければ。これが欲しかった。愛と祈りと生と死と。

記憶喪失になって行き倒れた先で、自分がようやく欲しかったものを手に入れられた。その喜びを実感しながら、ふりむき、セルジェイは紗由を抱きしめた。

「だから見ろ、俺の生き方を」

見ろ、俺の生き方……。

そのセルジェイの言葉が紗由の耳から離れない。

プロヴァンス地方の小さな三級闘牛場。

サントマリードラメールの闘牛場は、海水浴場のすぐ近く、地中海に面した場所にある白塗りの小さくてかわいい闘牛場だ。

黒いジプシーの聖母で有名な教会。

ブーゲンビレアの花が咲いた街。小さな闘牛場は地元の人々でいっぱいだった。

裏通りに車が着く。狭苦しい路地は人々でひしめきあっている。彼らの間を通り抜けて待機場に行くと、シモンが赤い布やピンクの布を用意していた。

セルジェイは薄暗い待機所でうつむき、胸で十字を切ったあと、黒地に赤紫色で刺繍されたケープをつかみ、ふわりとマントをはおるように肩にかけた。

右肩に半分だけかけたあと、左手でケープの先を彼が丁寧に織っていく姿を、紗由はじっと見つめた。頭には黒い闘牛帽。しなやかな背中のライン、バレエダンサーの立ち姿のように神々しいほどの美しさ。

「やはり最高に美しいな」

シモンが現れ、後ろから耳打ちする。もう一度、うつむき、気持ちを整えたのか、すぅっとセルジェイは闘牛場のアレーナに視線をむけた。

一体、なにを見ているのか。どんな気持ちなのか。

「セルジェイ・ロタールじゃないのか。リュカ・カステルなんて名乗っているけど」

どこかからそんな声が聞こえた。

「人殺し、闘牛場に入ってくるな！」

「警察を呼べっ、逮捕しろ」

客席からヤジが飛ぶ。

「大丈夫だ、ここはフランスだ。ＥＵの協定はあるが、スペイン警察から正式なひきわたしの要請がない限り、彼が闘牛をする分には問題はない」

シモンが言う。

「でもこんなところで」

「それに、カロリーヌ先生の診断書がある。彼は記憶喪失の旅人だ」

そうはいっても、闘牛をしてしまったらバレてしまうではないか。

見れば、カロリーヌ先生と一緒にいるパスカルとミシェルが心配そうな顔をしている。

客席は騒然としている。

四面楚歌の敵だらけか。そんな状態なのに、セルジェイはいつもより穏やかな顔をしている。

「あいつには闘牛の神がついている。大丈夫だ」

「闘牛の神？」

闘牛の神のものなのかどうか。ずっと遠く、神聖で、厳かな場所までその魂を遠くやっている気がする。

「セルジェイ……大丈夫？」

「ああ……燃えている」

不敵な笑み。彼のこの笑みが好きだ。

「見ろ、あの境界線を」

セルジェイは、闘牛場にある光と影の境界線を指差した。

ソル・イ・ソンブラ、光と影。

「人生はすべてあれと同じだ」

「人生は？」

「そう、生か死か。成功か失敗か、愛か憎しみか、喜びか哀しみか」

その言葉に紗由はごくりと息を呑んだ。

「おまえと会うまで、俺の人生はこっち側の日陰だった。だが、今はこっち側の日向だ。だから生きて帰れる。俺の闘牛で観客もだまらせてやる」

何食わぬ顔でセルジェイは涼しげに闘牛場に入っていく。

観客をだまらせせる？

ああ、そうか。自分がどうしてセルジェイに惹かれたのかわかった。

彼のこの強さだ。迷いも不安もなく、死をも恐れず、信じたものにむかって進んでいく強さ。そこにどうしようもなく惹かれたのだ。

――もどってきたら、結婚してください。

ぼくがそう言おう。

そう決意し、紗由は自分の待機場所にむかった。

たしかに、彼の言葉通り、観客は彼が闘牛場に立ったとたんに態度を変えた。

呪いのように罵っていた観客たちが一気に彼の演技に興奮するようになったのだ。

「オーレっ、セルジェイ、行けっ！」

「セルジェイ、グラン・マエストロ、オーレ」

すごい。

紗由は息を呑み、自分も防壁にしがみついて彼の闘牛を見つめた。

観客たちの熱い声援。

引退したのに。久しぶりなのに。

「素晴らしい、これが私のマエストロだ。私が惚れた男だ」

シモンも恍惚としている。焰のような技。熱く彼の血が滾っているのがわかる。

「おまえがいないと駄目だ。おまえの目があるから俺は前に進めるのだ、おまえがいるから闘牛ができるのだ、改めてそう感じた」

一回、待機場所に戻ってくると、セルジェイは紗由の耳元でささやいた。

しかしその直後、悲劇が起きた。

二頭目の牛。

右の前肢を少しひきずっている牡牛だった。牛の動きに合わせようと、セルジェイの身体の軸が少しだけ斜めにぶれていたため、彼の右半身のバランスが崩れた。

元々の足の怪我の影響も残っていた。

「セルジェイっ！」

不吉な予感がした。

セルジェイが剣を手に漆黒の牡牛にとどめを刺しにいこうとした刹那、ドォンっという鈍い衝撃音が闘牛場に振動した。

「……っ！」

セルジェイの身体がはずみをつけたように跳ねあがり、地面へと頭から叩きつけられていく。

「……っ！」

心臓が止まるかと思った。

「きゃーっ！」

客席に響きわたる絶叫。

「パパっ」

パスカルとミシェルが叫ぶ。

「セルジェ……っ！」

セルジェイはどこかを強打したらしい。手で腹部を押さえ、息ができずにひくひくとしている。

そんな彼のもとに、再び牛が突進していく。

「助けなければ――――！」

シモンが他のスタッフたちと共にオペラピンクのカポーテを摑むと、闘牛場の中央に飛びだしていった。

けれどセルジェイがそれを制止した。

「闘う、まだ四頭いる」

闘牛場がシンと静まりかえった。

「死ぬまで闘う。今日は俺だけの日だ。俺が主役だ」

その言葉にふりむくと、ふらつきながらもなおも立ちあがるセルジェイと視線が合った。

あごを切ったのだろう、そこからどくどく血が流れ落ちている。その真紅の鮮血が彼の衣装を染めていた。

「闘牛を諦めて早く治療をしろ」

そう勧めるシモンにセルジェイは「ダメだ」と伝える。

そして思い切りセルジェイは強い力でシモンの腕を掴んだ。

「闘わせてくれ、まだ牛がそこにいる。スタッフをひっこめさせて欲しい、俺は闘う」

「セルジェイ……」

セルジェイはいつものあの不敵な笑みを浮かべた。

「紗由に見せたい。紗由にもパスカルにもミシェルにも俺の生き方を。おまえたちの推し、いや、パパ、違う、新しい家族はこんなにもすごいやつなのだと」

セルジェイの言葉が聞こえてきた。

それから彼がどんな闘牛をしたのかは——ほとんど記憶していない。

あまりにも胸がいっぱいになって、ただただ精一杯命を輝かせようとしている彼のひとつひとつの動きを見るだけで。

紗由も観客も息をするのも忘れ、彼が牡牛を仕留める瞬間までその姿に釘付けになった。

そして美しくしなやかに、怪我をしていることさえわからないほどの見事の闘牛をしたあと、セルジェイは通路に戻ってきた。

大勢の客が白いハンカチを振っている。

その闘牛に感動したとき、観客は立ちあがって白いハンカチを振るのだ。

そのとき、紗由は客席でハンカチを振っている女性の人影に気づいた。

「セルジェイさん、あそこにビセンテさんの奥さんが」

「……っ」

セルジェイが見つめる先に、一人の黒髪の女性が立っていた。大きくハンカチを振り、淡い笑みを口元に浮かべて。

ああ、冤罪を証言してくれるのだ。彼女の表情からそれがわかって涙が出てきた。

セルジェイの命がけのパフォーマンスが彼女の心を溶かしたのだ。前に進もう、生きるために闘おう、愛のために……と命を輝かせた彼の姿が。

エピローグ

アルルの春祭り。

翌年の春、アルルの街はミモザの美しい花に覆われていた。

「はい、どうぞ、フラミンゴアイスです」

闘牛場の前にマルシェワゴンを置き、紗由は朝からアイスを売っていた。

「紗由、これはこっちでいいのか」

「あっ、もう余計なことしなくていいです、セルジェイさんはそこで座って笑っていればお客さんが喜びますから」

二人でマルシェワゴンでアイスを売っている。

セルジェイはリハビリをして今シーズンから闘牛士に戻るが、紗由のアイスクリーム販売も手伝いたいらしい。

双子たちも一緒にアイスを売っている。

可愛いマルシェワゴンとして、大人気だ。

「もっとたくさんの種類、作りたいです」

紗由はグラシエを目指している。アイスクリームを作る職人だ。

教会の鐘が鳴り響く中、闘牛場の前に巨大なポスターが貼られ、仮設ステージで子供たちが歌い、民族衣装の人々が繰り出し、盛大に祭りが催されていた。

風が揺れるたび、ミモザの花びらが舞い降り、ただでさえ美しいアルルの街が華やかで美しい景色に変わる。

手術で元気になったミシェルとパスカルがステージで聖歌隊の仲間になって歌っている。

その様子を、民族衣装に身をつけた紗由とセルジェイは眺めていた。

「結局、パスカルは昆虫学者を目指したいみたいです」

「それはよかった。あいつに闘牛士は向いてない」

「ミシェルはアイスクリーム職人《グラシエ》を目指すみたいです」

「それもいい」

紗由はアルルの祭りを初めて見たことに気づいた。春のミモザの花、古都アルルがこんなに美しいものだったとは。

「明日のここの主役は俺だ」

闘牛場の前で、セルジェイがチラリとポスターを見る。今年も彼の絵が描かれていた。紗由が描いたものだった。

アルルの民族衣装を身につけたセルジェイは夢のように美しい。

一方、セルジェイに「かわいい」からと頼まれ、紗由は男と女の間のような民族衣装を身につけている。男性のものだけど、白いストールが少女っぽい。

聖歌隊から聞こえてくる春祭りの音楽が耳にとても心地いい。

心がはずむような、それでいて少しばかり切ないメロディだった。

「さて、明日復帰する前に、今日、結婚してくれるんだな」

「ええ」

一年前は、母を亡くして、ミシェルも病気になって。

それを助けてくれたセルジェイ。

彼がパパになってくれると言ってくれたときから、紗由はずっとセルジェイが好きで好きで仕方なかった気がする。

その思いが届き、さらにはミシェルとパスカルという可愛い子供たちのパパがわりにもなってくれて。シモンおじさんも親代わりとしてよくしてくれて。

今、何という素敵な春祭りを過ごしているのだろうと紗由は実感していた。

彼に手を伸ばすと、セルジェイも紗由の手を握りしめた。

雑踏の中、そっと互いにキスをする。

周りには祭りにきた人々が所狭しと歩いている。そんなにぎわいが通り過ぎていくのも気にせず、キスをくりかえす。

きらきらとしたミモザの間から春の木漏れ日が二人に降り注ぐなかで。

「さて、明日復帰する前に、今日、結婚してくれるんだな」

アルルの春祭り、ミモザの花影に包まれ、セルジェイはキスをしながらそっと紗由の服のポケットに手紙を忍ばせた。直接、手渡すのは恥ずかしいが、どうしてもこれだけは伝えたかったのだ。


――セルジェイから紗由へ――感謝のラブレター

紗由、これから教会でおまえと結婚する。神なんて今も信じてないけれど、一度だけ祈ったことがある。サントマリードラメールで復帰した日、おまえに「死なないで」と言われたあと、あのとき、初めて心の底から聖母に祈りを捧げた。「生きたい、生きて紗由を愛したい」――と。

紗由、おまえたちと出会うまで、俺は命に何の執着もなかった。マルセイユのスラムでは殺人や野垂れ死なんて日常的なものだったし、そこの闇社会でこき使われるよりは花火のように綺麗に散りたい、ぎりぎりの場所で命をかけて焰みたいに燃えて散りたい――と思っていた。

だから俺はビセンテ――養父が苦手だった。彼は妻子と不和になりながらも、必死になって俺をスーパースターにしようとした。闘牛に導いてくれたことに恩を感じながらも、いつも心のなかで問いかけていた。『あんたは俺にないものを持っているのにどうして捨てようとする。どうして大事にしない。家族、愛、財産、平和な生活。それがどれほど尊いものか知らないのか』――と。『おまえは天才だ』『おまえは神になれる』と口癖のように言う彼の異様な熱量についていけず、反発的になっ

て夜遊びや飲酒運転をして彼を困らせた時期もあった。若気の至り、傲慢さとでもいうのか。そこにギャングの付け入る隙があったのだろう。知らないうちに薬物入りの酒を飲まされ、荷物にコカインを隠され、警察沙汰になり、スペイン闘牛界に俺の悪評が広がっていった。

それでもあの男は俺を守ろうとし、最終的に娘も財産も失い、自分の命も絶ってしまったのだ。

彼を失ってからの俺は生きる屍だった。父親として彼を愛していたのだと、失って初めて気づいた。俺は父親を知らなかったし、愛なんて信じていなかったから、大切な人間がこの世界から消えたとき、人がどんな絶望の地獄に堕とされるのか想像したこともなかった。俺に闘牛を教え、未来をくれた彼。だが、もういない。俺を裏社会から救い、守ろうとしてくれたのに、パパや父さんと呼んだことは一度もない。「あんた」「おっさん」としか。と改めて己の最低さを実感し、自分をズタズタにしたくなった。俺はどうしようもない男だ、生きている価値がない。復讐して死ぬしかないと決意して脱走したのだが、復讐相手はいつのまにか自滅していた。仕方なく最後にビセンテが危険だと言った「シモン・カステル牧場」の牛と闘って死のうと思ってここにやってきたのだが、そこで皮肉にも事故に遭って記憶を失い、おまえたちに拾われた。

奇跡のように美しい家族。紗由、おまえは屍だった俺の心に愛という命を与えてくれた。パスカルたちから「パパ」と呼ばれると、奇妙なぬくもりに胸がくすぐったくなった。パパの振りをしているうちに、ああ、きっとビセンテはこんなふうに俺を愛しく思っていたのだ——という実感を得ることができた。偽物でも俺は双子のパパになったことでようやく養父の愛の尊さを理解し、胸の痛みに泣きたくなったのだ。今、ふりかえると、牧場に入るな——とパスカルを諫めた言葉は、俺自身への戒めでもあったように思う。そこで死のうとした愚かな自分への反省の気持ちがあったのだろう。

紗由、ガラにもなく、こんな湿っぽい泣き言をぐだぐだと書いているのは、結婚する前にこれまでのことを懺悔し、おまえに感謝と愛をちゃんと伝えておきたかったからだ。

あの子たちのパパにしてくれてありがとう。こんな俺をパパにしてくれて本当にありがとう。どうしようもない俺を拾ってくれてありがとう。愛して欲しいと頼んだ俺のワガママを受け入れ、無償の愛で包んでくれてありがとう。俺の冤罪を信じ、闘牛場にもどるようにと背中を押してくれただけでなく、捨て身でビセンテの妻を説得して俺を助けようとしてくれてありがとう。

だが、ひとつ告白する。そんな天使で聖母なおまえも大好きだけど、俺が命がけで闘牛場に行こうとしていることを知って、「死なないで」とすがってきた紗由にそれまでの一万倍以上の愛しさを感じた。結婚してくれと言っても、おまえが無表情だったのがずっと気になっていた。双子たちのために生きていると宣言したときと同じように、俺の冤罪を晴らすことや俺の未来ばかり考え、自分の欲やエゴを表に出すことがない。そんな天使な部分も好きだが、その奥にある人間としての感情も見せて欲しかったし、そこを愛させて欲しかった。ようやくあの日、おまえは天使じゃなくなった。一人の人間として、愛するものを失いたくないというおまえ自身の願いを口にした。だから俺も初めて祈った。生きて帰りたい、愛する相手のところ、俺が還る場所へ。それは紗由のいる場所だから。

だから俺は闘牛士として生き続ける。死なないで、ここにいて、そばにいてと紗由が祈ってくれるかぎり、俺は生きることができる。光と影の境界線から進んだ先で誰よりもかっこよく誰よりも輝く。愛する相手と人生を共にし、光に包まれながら幸せに生きていくためにも。

CROSS NOVELSをお買い上げいただき
ありがとうございます。
この本を読んだご意見・ご感想をお寄せください。
〒110-8625
東京都台東区東上野2-8-7　笠倉出版社
CROSS NOVELS 編集部
「華藤えれな先生」係／「yoco先生」係

CROSS NOVELS

推しと運命のロマンス
～双子のマルシェワゴンへようこそ～

著者
華藤えれな
©Elena Katoh

2023年9月23日　初版発行　検印廃止

発行者　笠倉伸夫
発行所　株式会社 笠倉出版社
〒110-8625　東京都台東区東上野2-8-7　笠倉ビル
［営業］TEL　0120-984-164
FAX　03-4355-1109
［編集］TEL　03-4355-1103
FAX　03-5846-3493
https://www.kasakura.co.jp/
振替口座　00130-9-75686
印刷　株式会社 光邦
装丁　Asanomi Graphic
ISBN 978-4-7730-6382-0
Printed in Japan

乱丁・落丁の場合は当社にてお取り替えいたします。
この物語はフィクションであり、実在の人物・事件・団体とは一切関係ありません。